AF131934

Comment je n'ai pas craqué ?

Maxance Dupont

Comment je n'ai pas craqué ?

Histoire inspirée de faits réels

Loi n°49-956 du 16 juillet 1949 sur les publications
destinées à la jeunesse, modifiée par la loi n°2011-525
du 17 mai 2011.

© 2023 Maxance Dupont

Édition : BoD – Books on Demand, info@bod.fr
Impression : BoD – Books on Demand, In de Tarpen 42, Norderstedt
(Allemagne)

Impression à la demande

ISBN : 978-2-3225-2341-2

Dépôt légal : Avril 2024

À ma famille d'accueil, à ma marraine, à mes amis et amies, à ma copine, à mes professeurs, à ma CPE, à toutes les personnes qui m'ont aidé et accompagné.

Merci à vous et bonne lecture à tous !

TABLE DES MATIÈRES

CHAPITRE 1

L'ADIEU

« Cher journal,

Il y a longtemps, quand j'étais un peu plus jeune, on m'avait proposé de me libérer de mes tristesses et de mes colères en écrivant dans un journal comme celui-ci, dont j'aurais été le seul à connaître l'existence.

J'avoue que je trouve le concept un peu bête, car je pense que même si écrire ce que l'on n'arrive pas à dire peut aider sur le court terme, si l'on se renferme et qu'on se cache derrière l'écriture sans jamais parler de ses problèmes, ça ne mènera à rien sur le long terme.

Mais bon, aujourd'hui je n'ai pas d'autre moyen pour évacuer mes ressentiments : c'est pourquoi je me suis muni du premier cahier venu pour m'en servir de journal et y écrire tout ce que j'ai à dire avant de…

Bref, commençons par le commencement.

Je ne sais pas encore quand, mais sous peu, je mettrai fin à mes jours. Je souffre énormément en ce moment – encore plus qu'auparavant – mais je ne veux pas faire souffrir les autres en leur partageant mes problèmes et je ne veux pas passer pour celui qui a toujours des problèmes et qui se plaint tout le temps pour un rien.

Certes, d'entrée de jeu, ça peut surprendre. Mais crois-moi cher journal, je ne sais pas si tu aurais supporté une once de tout ce que j'ai vécu avant d'en arriver là, avant d'en arriver à ce stade où je n'ai même plus l'espoir de pouvoir aller mieux à un moment ou un autre.

Je me suis déjà dit maintes et maintes fois que cela ne servirait à rien d'en arriver à une telle fin et je me suis souvent dit qu'il y aurait toujours une solution, mais je n'ai plus envie de la chercher.

Depuis ma plus tendre enfance, je n'ai jamais eu de chance : j'ai été placé en famille d'accueil dès ma naissance – chez une femme très gentille, que je considérais plus comme une famille tout court qu'une famille d'accueil puisque c'est elle qui m'a élevée. Mais mon lien entre ma mère d'accueil et mon père biologique a toujours été compliqué dû au système très discutable de l'Aide Sociale à l'Enfance. Ensuite, j'ai tout gâché avec ma famille d'accueil, il y a de ça 2 ans, ce qui m'a fait finir en foyer ; ma vie n'a jamais manqué de rebondissements, ça c'est sûr...

Depuis que j'ai été retiré à ma mère d'accueil, je suis seul. Je n'ai plus de vraie famille et plus personne à rendre fier. Certes, j'ai au foyer des personnes qui sont là pour m'écouter et me comprendre, que ce soient les jeunes ou les éducateurs ; mais je ne sais pas comment expliquer, ce n'est pas pareil qu'une famille qui peut être derrière toi et t'encourager à chaque grande étape de ta vie.

Toutes ces choses m'ont longtemps fait souffrir. Entre la période primaire/collège où j'ai entendu je ne sais combien de fois « Pourquoi tu ne vis pas avec tes parents ? », puis la période où je me suis moi-même posé cette question, j'ai longtemps cru qu'après avoir fait du mal à celle qui comptait plus que tout à mes yeux à la fin du collège je ne remonterais jamais la pente. Et même si pendant un temps il y a eu du mieux, ça fait déjà quelques semaines maintenant que j'ai rechuté.

Je me suis longtemps questionné sur ma vie, sur les raisons de mon placement, sur l'enfant que j'étais et l'enfant que je voulais être.

J'aurais tout un tas de choses à raconter concernant mon passé, mais pour les quelques fois où je l'ai fait, cela ne m'a rien apporté, mis à part des avis péjoratifs qui ne servaient qu'à me rendre encore plus mal. Je ne perdrai donc pas plus de temps avec cela car ce n'est plus ma priorité à présent.

Je ne sais pas encore ce que je vais faire de ce journal, mais je sais qu'il servira. J'aimerais le laisser à mes proches avant de partir, parce qu'ils méritent des explications. Ils méritent de savoir ô combien je les remercie d'avoir donné leur maximum pour moi.

Dans tous les cas, quelles que soient les conditions, mon choix est déjà pris : je vais mourir. Je le sais... et cette fois, je ne reculerai pas.

La vie n'est pas faite pour moi. J'en ai marre d'être malheureux depuis autant de temps et ce malheur me rend pessimiste. Je ne profite plus de la vie : je la subis... et ça m'insupporte de gâcher ce dont je pourrais profiter avec les personnes qui tiennent toujours à moi malgré tout.

Ce que je ne voudrais pas en revanche, c'est que ces personnes se disent que c'est de leur faute si je suis passé à l'acte. Je les remercie tous énormément d'avoir été là pour moi quand j'en avais besoin et d'avoir essayé tour à tour de me ramener à la raison. Malheureusement pour eux, c'était peine perdue...

Je sais déjà que quand mes proches retrouveront ce journal, ils se diront que ce n'est pas possible. En revanche, de mon côté... plus j'avance dans l'écriture, plus je me rends compte que cet acte était prévisible et inévitable.

Après avoir rassuré au maximum les personnes auxquelles je tiens, j'écrirai des lettres. À mes amis, à ma famille, à ceux que j'aime. Je sais que je veux partir mais je veux prendre le temps de faire mes adieux correctement. Je ne veux pas les quitter sans leur avoir dit au revoir une dernière fois.

A part eux, personne ne se préoccupera de mon absence. On est plus de 7 milliards, donc ma mort passera inaperçue à l'échelle humaine. Et vu les conditions actuelles de la vie sur Terre – avec les conséquences du réchauffement climatique, les inégalités persistantes, et tous les autres malheurs que je pourrais lister – je préfère laisser ma place à quelqu'un qui sera suffisamment fort pour se battre et affronter toutes ces problématiques.

L'une des seules choses qui me fait peur, c'est de ne pas savoir ce qu'il va se passer après ma mort, ne pas pouvoir connaître la réaction de mes proches ou être au courant de l'avancée possible du monde.

J'aurais aimé avoir suffisamment de courage pour leur dire tout ça en face, mais c'est trop tard et je ne retarderai pas l'échéance.

Je ne sais pas combien de temps ni combien de pages je vais consacrer à ce journal, mais pour l'instant : j'écris. J'écris car cela me fait du bien et cela me libère de toutes ces mauvaises choses auxquelles je ne veux plus avoir à penser.

Je pense qu'à défaut d'arriver à faire confiance aux personnes qui m'accordaient leur temps et une oreille attentive, je préfère ne me confier qu'à moi-même.

Cela m'attriste car je sais d'avance que certaines personnes, à l'inverse, n'accorderont aucune importance à ma mort. Elles se diront simplement que je n'avais plus ma place parmi les leurs et qu'elles n'auraient rien pu y changer. Mais la réalité, c'est qu'elles ne chercheront même pas à comprendre le réel mal-être qui se cachait derrière tout ça.

Ces pages ne sont pas datées, et c'est volontaire de ma part. Je n'ai pas envie que mes amis et mes proches avec lesquels j'ai passé mes dernières heures se disent que c'est de leur faute et qu'ils n'ont pas été assez présents à ce moment-là quand j'en avais besoin. Je n'ai pas envie de les faire culpabiliser car je tiens à elles et je considère qu'elles n'ont pas à s'en vouloir. C'est et ça restera ma propre décision.

J'ai trop de fois entendu que ce n'était qu'une mauvaise passe, que je finirais par aller mieux et que ça finirait par passer.

Je sais que cette fois, je ne remonterai pas la pente, d'une part car je ne supporte plus la vie et d'autre part car je ne me supporte plus. Plus ça va, plus je me renferme sur moi-même ; donc je n'ai plus envie de continuer à aller mal et je n'ai plus envie d'inquiéter mes proches alors que l'espoir est éteint. Et pour cela, je ne vois qu'une solution, aussi simple qu'irréversible.

Depuis petit, on m'a accompagné : on m'a conseillé d'aller voir des psychologues, des psychiatres, etc. À mon avis, prescrire un traitement à un adolescent en lui disant que ça calmera – au moins temporairement – les choses, c'est un argument de plus qui prouve que l'on minimise le vrai mal-être que peut ressentir un jeune.

J'espère que mes proches comprendront les raisons de ce choix. Je ne donnerai pas beaucoup plus d'explications car il y aurait vraiment trop de choses à dire et je n'ai plus de temps à perdre à présent car celui-ci m'est compté.

Je crois que les gens ne se rendent pas compte que vivre est un réel combat au quotidien. Aujourd'hui, il faut vraiment être fort pour accepter la vie telle qu'elle vient, pour supporter les critiques au quotidien et pour assumer ses différences face aux autres.

Je sais que je vais rendre beaucoup de personnes tristes, mais j'ai connu trop d'embûches et je ne veux pas continuer à souffrir.

Je pense à ma famille d'accueil. Je pense à mes proches, à mes amis, je pense à toutes ces personnes qui ont toujours été là pour moi, qui m'ont soutenu du mieux qu'elles le pouvaient et qui ont supporté mes nombreux sautes d'humeur. Je pense à toutes ces personnes qui ont été à mes côtés dans mes derniers moments, qui ont été à mon écoute, et qui, malheureusement, ne pouvaient se douter de rien.

J'ai l'impression que certaines personnes n'arrivent pas à s'imaginer ne serait-ce qu'un instant ce que cela fait de ne pas se sentir aimé, de ne pas avoir de « vraie » famille. De n'avoir aucun lieu de vie où l'on se sent bien et à sa place, et de n'avoir personne à rendre fier au quotidien pour nous motiver dans nos projets ainsi que pour nous féliciter et nous encourager.

A présent, il ne me reste que quelques étapes à franchir afin de mettre un terme à ma vie en beauté. Je ne voulais juste pas quitter ce monde comme si de rien n'était. Et ce pour une simple et bonne raison : j'ai aimé la vie. Mais la vie, en revanche, ne m'aura pas laissé suffisamment l'aimer ou aura mis trop de temps avant de me laisser l'apprécier à sa juste valeur.

À chaque fois que je traversais des périodes difficiles, je réussissais toujours plus ou moins à garder la tête froide et à trouver des personnes pour arriver à en parler. J'en suis souvent arrivé à ce stade de vouloir tout laisser tomber, mais je parvenais toujours à me dire que j'exagérais et que ce n'était pas si grave que ça.

Mais du moment où l'on met « pas si » et « que ça » dans un même propos, c'est que l'on minimise nos propres ressentis histoire de se donner la force de continuer.

Et avec le temps et l'âge, les épreuves deviennent de plus en plus compliquées à affronter et on finit par laisser tomber. J'en suis à ce stade où je me dis qu'il n'y a plus rien à faire ; et que même si je parvenais à me relever et à aller mieux, cela ne serait que temporaire jusqu'à ce que je me retrouve face à un nouvel échec.

Et à chaque nouvel échec, on perd un peu plus confiance en soi et à un moment, on finit par laisser tomber : voilà comment j'ai craqué...

Cher journal, je te remercie d'avoir été là à un moment où je n'avais pas d'autre moyen pour me confier. Je te remercie d'avoir recueilli toutes mes peines et tous mes tracas. À présent, il ne me reste qu'une chose à faire. »

Je posai le carnet un instant pour aller fermer à clefs ma porte de chambre, avant d'ajouter :

« Dédicaces à mes proches, à mes amis, à tous ceux qui ont été là pour moi. Un grand merci, Mickaël ». Et c'est maintenant que tout va se jouer...

CHAPITRE 2

LE DOUTE

C'est en effet maintenant que tout va se jouer : c'est maintenant que je vais vous dire adieu... c'est maintenant que je vais...

Non ! Ce n'est pas possible ! Je ne peux pas faire ça ! Je ne peux pas partir comme ça, en laissant un simple bout de papier derrière moi et en désespérant aussi facilement.

J'avais laissé mon carnet en plan sur la table de chevet près de mon lit et je n'arrivais plus à écrire. J'étais perdu... je n'avais plus la force de continuer mon combat. J'étais à bout de nerfs. Je n'avais plus le mental nécessaire pour dissimuler indéfiniment tous mes problèmes.

Je pensais : je pensais à tout ce qu'il s'était passé et à tout ce qu'il pourrait se passer plus tard. J'espérais que je ne tomberais pas dans l'oubli. Je me demandais d'ailleurs après combien de temps l'on tombait dans l'oubli, et pendant combien de temps nos proches se souvenaient de nous.

Je pensais : je pensais et beaucoup d'interrogations me traversaient l'esprit. Je me demandais par exemple si je devais plutôt laisser mon journal accessible à mes proches, ou au contraire m'en débarrasser avant de quitter ce monde en me disant qu'il aura été un outil, qu'il m'aura permis de me confier et d'aller un peu mieux afin de partir plus sereinement.

Comment feraient mes proches pour encaisser, supporter et apprendre à vivre avec ma mort ? Arriveraient-ils à passer à autre chose ? Seraient-ils réellement tristes ? Comprendraient-ils ma décision ?

Voici quelques unes des questions que je m'étais posées cette nuit. Oui, vous l'aurez sans doute compris : je ne l'ai pas fait. Du moins, pas encore. Je ne sais pas, je doute...

J'avais besoin de réponses avant de partir. J'avais besoin d'être fixé sur ce que les gens pensaient réellement de moi, pour être sûr de ne pas agir sur un coup de tête, car après il serait trop tard pour regretter. J'avais besoin de m'assurer qu'il y avait encore des personnes qui étaient là pour moi, qui étaient prêtes à m'aider et à me supporter jusqu'à ce que ma sérénité d'esprit s'améliore. Des personnes qui auraient encore la force de m'accompagner même si je les avais déjà maintes et maintes fois sollicitées par le passé.

Je me demandais si partir serait un moyen de faire comprendre aux autres, à ceux qui m'avaient fait du mal, qu'ils étaient allés trop loin, et que les sentiments n'étaient pas un jeu ; ou s'ils se diraient simplement, comme je l'évoquais plus haut, qu'il n'y avait pas de vraies raisons et qu'ils n'y étaient pour rien.

À vrai dire... je n'avais pas trop envie de le savoir. Je n'avais pas envie de revivre des trahisons, que ce soit du côté de mes amis ou de ma famille. J'aurais préféré redevenir comme avant, c'est-à-dire ne pas me soucier de l'avis des gens et rester comme j'étais. Mais c'était difficile, très difficile !

Quitte à mourir, je voulais que ma mort soit belle. Je voulais que les gens puissent apprendre à me connaître de par ce récit et je voulais qu'ils se rendent compte qu'il était grand temps de faire bouger les choses, efficacement et durablement.

Je voulais que les gens prennent conscience de la gravité de la situation, et qu'on se serve de mon passage à l'acte comme d'un ultime signal d'alarme pour mettre fin au harcèlement, au non-respect des différences et aux inégalités. Et pour qu'on entende enfin la détresse des enfants placés.

Alors pourquoi est-ce que j'hésitais autant puisque mon but était fixé ? Pourquoi est-ce que je doutais autant tout en sachant très bien où je voulais aller ? Toutes ces contradictions étaient si nombreuses dans ma tête que j'aurais bien eu envie de me taper le crâne contre un mur pour les faire disparaître.

J'hésitais… je savais que j'en avais envie, mais était-ce réellement une solution ? Je doutais… oui, j'en avais envie parce que le message était fort, mais je perdais de vue que si je voulais quitter ce monde, en principe, c'était pour m'en libérer et non pour faire passer un message inaudible.

Quitter ce monde m'aurait permis d'être au clair avec moi-même et de partir l'esprit libre, mais n'y avait-t-il pas d'autre remède ? Peut-être que si… il suffisait d'avoir la volonté de les trouver.

Oui, je ne supportais plus la vie et je ne me supportais plus ; mais cela valait-il vraiment la peine de sacrifier une vie humaine pour autant ?

Oui, j'avais beaucoup souffert. Oui, je ne pourrais jamais oublier tout ce qui s'est passé. Oui, j'avais enduré beaucoup de choses avant d'en arriver là où j'en étais. Mais non, je ne voulais pas abandonner pour autant. Je voulais continuer, me servir de ces multiples péripéties pour avancer avec une meilleure armure. Non, je ne pouvais pas tout lâcher si près du but alors que le pire avait déjà été traversé.

Les humains se remettent souvent en question, mais je pense qu'il ne faut pas tout dramatiser et se dire que tout est tout le temps de sa faute. On fait tous des erreurs, et certaines nous marquent plus que d'autres, mais le principal c'est d'acquérir la maturité nécessaire pour prendre du recul sur la situation. C'est cette maturité qui nous permet d'avancer. Rester bloqué sur un traumatisme et culpabiliser indéfiniment ne mène à rien, à part se renfermer et s'éloigner de tout contact extérieur par peur de blesser une autre personne. Je savais ô combien c'était facile à dire, plus complexe à mettre en place, mais au final, ils avaient parfois un peu raison, les adultes qui nous entouraient.

J'avais vraiment très mal dormi cette nuit.. honnêtement, j'avais plus été éveillé en train de peser le pour et le contre qu'en train de dormir.

J'avais été à deux doigts de le faire. J'étais sur mon lit, avec mes tablettes de médicaments près de moi. J'avais pris le soin de les récolter la veille dans l'armoire à pharmacie dont j'avais récupéré la clef. Mon journal était posé, ouvert, sur la table de chevet.

Je regardais ma chambre en repensant à tous les moments que j'y avais passé depuis mon arrivée au foyer. Petit à petit, j'avais comme l'impression de reprendre goût à la vie. En explorant tous les recoins de ma chambre dans les moindres détails, je me rappelais certains souvenirs, certains instants vécus avec mes amis et certains souvenirs de ma famille d'accueil. Ma collection de BD par exemple : je l'avais commencée il y a deux ans car mes grands-parents d'accueil voulaient s'en séparer. Depuis, j'en ramène une nouvelle à chaque fois que je leur rends visite en Lorraine. Elle était ringarde cette collection, mais j'y tenais énormément. Elle me faisait repenser à tous ces longs trajets pour aller les voir ; elle me faisait penser à eux.

J'avais peu à peu l'impression d'aller mieux. La nuit laissait à présent place au lever du jour et je continuais à me confiner dans de bons souvenirs. Malheureusement, je ne pouvais pas m'empêcher de penser que ce bonheur n'était pas mérité et que cette joie n'était que temporaire.

J'avais beau essayer de ne pas y penser, les faits étaient là. Rien n'allait dans ma vie ces temps-ci. J'en parlais, j'en avais conscience. J'avais envie d'y remédier. J'avais envie de rendre mes proches fiers, mais je n'en avais plus la force, je n'y arrivais plus…

Il y a trois semaines déjà, mes amis m'avaient pris rendez-vous avec l'infirmière scolaire parce qu'ils s'inquiétaient pour moi. Ils voyaient bien que je n'allais pas bien ces derniers temps, mais ils ne savaient pas trop comment m'aider car je ne leur parlais pas de tout ça.

L'infirmière scolaire m'avait dit que je me souciais trop des critiques, de ce que pouvaient penser les autres à mon égard, et qu'il fallait que j'arrive à passer outre. Mais c'est plus facile à dire qu'à faire quand tu pleures chaque matin en appréhension de la journée à venir, anticipant toutes les remarques éventuelles que les autres pourraient te faire.

À un moment en particulier, revenant doucement à la réalité, j'ai tourné mon regard vers mon bureau. Tout était en bordel : comme si j'étais parti au lycée en retard le matin même. Rien ne laissait croire que j'aurais été capable du pire la nuit passée.

Qui pourrait se douter de toutes ces choses auxquelles je pensais de plus en plus ? Qui pourrait imaginer toutes ces questions qui me taraudaient l'esprit, qui me tourmentaient chaque soir et qui m'empêchaient de dormir paisiblement ?

Cela faisait bientôt 2 mois que je ne dormais quasiment plus ou très peu. Je me rappelais d'une discussion avec l'une de mes professeures à ce sujet. Oui, même mes profs en venaient à s'inquiéter pour moi alors que j'essayais de dissimuler mes problèmes quand j'étais au lycée. Elle avait remarqué que je paraissais souvent fatigué et que cela dégradait mon attention en cours. Elle m'avait rappelé qu'un ado devait dormir au moins 8 heures de sommeil par nuit et elle avait bien compris à ma tête que j'en étais loin. Et là, elle avait aussitôt renchéri : « J'espère que tu en dors au moins la moitié pour réussir à maintenir la cadence ? » Bien évidemment, vous devinez ma réponse.

« Je pense trop » d'après mes amis ; « Je me prends trop la tête » d'après mes proches ; « je m'inquiète pour un rien » d'après l'infirmière scolaire. À mon avis, ce n'était pas rien. Car s'il n'y avait rien, je n'aurais pas de raison de m'inquiéter, donc je ne m'inquiéterais pas. Si je m'inquiétais, c'est qu'il y avait forcément des éléments qui le justifiaient – à tort ou à raison, là était un autre problème ; mais ces éléments existaient.

« Il y a forcément des choses qui me perturbent pour que je sois perturbé. » Voilà ce que j'avais répondu à ma CPE lorsqu'elle m'avait convoqué deux jours auparavant. Elle m'avait convié afin de discuter de la chute brutale de ma moyenne et de mes nombreux travaux non rendus. Mais comme tout le monde me disait : "Ça finira bien par s'arranger".

En attendant, j'étais loin d'être l'élève le plus assidu et attentif en cours. Je prenais des notes et j'écoutais un minimum, histoire de ne pas me faire virer, mais ça ne m'intéressait plus. Je me prenais tellement la tête pour mes problèmes extérieurs que les cours en eux-mêmes ne me paraissaient même plus importants pour la suite. Pour une simple raison, qui est que je n'imaginais plus la suite.

Il était déjà très tôt et malgré la nuit que j'avais passée à ne pas dormir, le temps paraissait s'être écoulé plus rapidement que d'habitude et je n'étais pas spécialement fatigué. Mon bureau était toujours en bordel, et comme je n'avais rien à faire et que je voulais me changer les idées, j'ai pris l'initiative de me lever pour y mettre de l'ordre.

Au cours de mon rangement, je suis allé remettre les médicaments à leur place dans l'armoire à pharmacie de la salle de bain, que j'avais laissée ouverte le soir-même. Elle aurait dû être verrouillée, et je n'étais pas censé avoir accès à l'armoire à clefs. Mais ce soir-là, l'éducateur était parti précipitamment et avait mal refermé son bureau. J'en avais profité pour prendre la clef, aller me servir dans la salle de bain et la remettre à sa place, comme si de rien n'était, avant que l'éducateur en question ne revienne.

Petit à petit, le temps passait ; et je me rendais compte que je ne pouvais pas partir. Je ne pouvais pas laisser croire à mes amis et à ma famille que l'attention qu'ils m'avaient accordée n'avait pas été suffisante, car ils se sont toujours donné cœurs et âmes pour que j'aille mieux.

CHAPITRE 3

LE RETOUR A LA RÉALITÉ

Léa toquait à ma porte, il était 8 heures du matin et elle venait me réveiller. Ce qu'elle ne savait pas, en revanche, c'est que je n'avais pas dormi... mais peu importe : j'enfilai mon manteau et mes baskets, j'attrapai mon sac de cours au passage, et je partis de la maison pour prendre mon bus et un petit quelque chose à manger sur la route à la volée. Léa, c'est une fille qui est au foyer avec moi. Elle a 19 ans et est en BTS dans mon lycée.

Elle vient souvent me réveiller le matin, car nos éducateurs lui ont demandé de me surveiller depuis qu'ils savent que je n'ai plus envie d'aller en cours ; donc quand elle commence à la même heure que moi, elle passe devant ma chambre avant de partir. Aujourd'hui, elle m'a paru être de bonne humeur :

elle était déjà prête quand elle est entrée, et était aussitôt ressortie, sans même s'assurer que je m'étais bien levé. Sa copine devait sûrement l'attendre à la grille, comme très souvent les jeudis matins car elles commencent par économie gestion à la même heure et elles montent au lycée toutes les deux.

Depuis qu'ils avaient remarqué que j'avais tendance à ne plus aller en cours, les éducateurs m'avaient aussi forcé à aller voir une psychologue de l'Aide Sociale à l'Enfance. Elle était vraiment froide avec moi, et ses questions n'avaient aucun sens ; pourtant elle exigeait des réponses de ma part, sans jamais répondre à mes propres interrogations en retour. Par chance, pas de rendez-vous avec elle aujourd'hui...

Pour en revenir à Léa, sa copine est une fille super ! On a beaucoup discuté l'autre jour, quand Léa lui a demandé de la raccompagner pour qu'elle puisse nous la présenter. Enfin, plutôt me la présenter, car les autres gars du foyer sont toujours très réticents à ce sujet ; ils sont du style à dire que les choses sont très bien comme elles le sont, qu'il n'y a pas besoin de les changer, etc. Léa m'a dit qu'elle m'avait trouvé assez sympathique avec sa copine, et quand Fiona était revenue chercher Léa au foyer le jeudi matin suivant, elle était rayonnante. Depuis, quand elles se voient, elles m'invitent de temps en temps avec elles.

On avait discuté de l'homophobie dont elles sont victimes elle et Léa. Fiona avait cette qualité d'être honnête et de dire les choses même lorsqu'elles sont difficiles à entendre et à admettre. Ces discriminations dont elle m'avait fait part m'avaient mis la puce à l'oreille ; et je savais que ces informations pourraient m'être utiles pour aider à mon tour Léa quand elle en aurait besoin. Car Léa veillait sur moi, mais moi aussi j'essayais aussi, tant bien que mal, de faire attention à elle. Je me rappelle avoir un peu discuté avec Fiona, un matin pendant que Léa finissait de se préparer (ce qui peut prendre beaucoup de temps). On avait surtout parlé de la famille de Léa et elle me disait s'être sentie à sa place aussitôt quand Léa avait organisé les rencontres avec sa mère. C'est vrai qu'à part son père qui est un peu rabat-joie, de ce que Léa m'en a dit, sa famille avait l'air assez ouverte d'esprit. Léa avait des droits d'hébergement chez sa mère, et lui rendait souvent visite ; c'est à ce moment-là qu'elle en profitait pour inviter Fiona chez elle la plupart du temps.

Restait son père… Léa me parlait peu de ça, mais je savais que ça la tracassait beaucoup. Évidemment, elle aimerait que son père se montre agréable avec sa copine et cesse de répéter ce même discours comme quoi les couples homosexuels ne devraient pas exister. Elle ne m'en parlait pas beaucoup car ça la saoulait.

Léa avait été retirée à cause de ses parents. Elle n'avait rien subi directement, mais elle avait été témoin de disputes violentes, et vu quelques objets voler contre les murs, ce qui avait alerté les services de l'ASE. Suite à des signalements de voisins qui sentaient que la séparation se passait mal et qui pensaient que les parents défoulaient leur colère sur Léa, l'ASE lui avait accordé des droits d'hébergements chez sa mère, mais pas chez son père. Elle avait mal accepté qu'il demande le divorce : elle s'entendait très mal avec lui, et cela pouvait partir au quart de tour à la moindre remarque. De plus, les choses ne s'étaient pas améliorées depuis qu'il avait appris qu'elle avait une copine, aggravant les tensions entre les deux parents. Léa ne comprenait pas son placement : puisque ses parents, même s'ils se voyaient de temps en temps à propos de Léa, étaient divorcés, elle devrait pouvoir vivre chez sa mère sans forcément devoir faire face à son père, qui ne venait que pour des repas ou pour les grandes occasions. Elle trouvait que certains placements de l'ASE étaient injustifiés alors que d'autres jeunes devraient être placés urgemment pour des raisons hallucinantes, et qu'ils étaient obligés, faute de mieux, de rester chez eux le temps de trouver une solution.

Ce qu'elle ne comprenait pas non plus, c'est que même en BTS, là où les étudiants sont censés être plus matures que des collégiens ou des lycéens, elle se faisait critiquer parce qu'elle était heureuse avec une fille. Heureusement que Fiona n'était pas n'importe qu'elle fille, et qu'elle savait trouver les mots pour la réconforter et lui donner la force d'encaisser tous ces jugements. Léa essayait au maximum d'ignorer ces avis non constructifs pour profiter au maximum du peu de temps libre qu'elle avait avec Fiona.

En attendant, je venais d'arriver au lycée, et j'appréhendais déjà la journée. J'avais à mon habitude croisé plein de monde dans le bus et à l'entrée du lycée, mais quand elles me disaient bonjour, je me cantonais à monter le volume de ma musique dans mes écouteurs et je continuais mon chemin sans me soucier de si j'attirais l'attention ou non. Ce matin, j'étais venu plus tôt pour pouvoir squatter la connexion internet du lycée. On avait beaucoup moins de connexion Léa et moi depuis que nos éducateurs avaient renforcé la sécurité Wifi, à cause des gars du foyer qui faisaient encore et toujours des conneries quand les éducateurs n'étaient pas là. Donc quand j'avais des devoirs à terminer, ou tout simplement une série à regarder pour me détendre un peu, je venais un peu plus tôt ou je restais un peu plus tard au lycée. Je me mettais dans mon coin, à l'autre bout du lycée, de manière à ne pas être dérangé ; et je faisais ma petite vie en attendant l'horrible sonnerie annonçant le vrai début de la journée.

Ce midi, j'allais sûrement manger plus tôt que de normale pour assister à une réunion. J'avais vu quelques affiches sur les murs du hall et cela m'avait intrigué : « Les délégués du lycée vous invitent à une conférence autour de la sexualité à 11 heures avec l'association *Wear It Purple* → plus d'informations au secrétariat de scolarité pour les élèves souhaitant y assister ». Pour une fois que les représentants lycéens organisaient un projet dans lequel je me sentais impliqué, je n'allais pas manquer ça ! Cela m'aiderait sûrement à mieux comprendre ce que pouvait ressentir Léa vis-à-vis du comportement de son père avec sa copine.

Il n'était que dix heures et demie, mais j'étais déjà sur le pied-de-guerre avec mon bloc-notes et de quoi écrire au lieu de rendez-vous qui m'avait été donné par les secrétaires. On était déjà pas mal d'élèves à attendre l'inauguration de la conférence. J'entendis des élèves se dirent que la réunion était supervisée par des étudiants de la FAC et des BTS du lycée, et que c'était ces derniers qui s'étaient arrangés pour faire venir l'association. J'eus aussitôt une pensée pour Léa et Fiona. Et si c'était elles qui avaient fait venir l'association au lycée pour monter elles-mêmes cet atelier autour des questions de genre et de sexualité ? Ce serait très courageux de leur part !

Ma joie prit rapidement fin car l'un des pions venait d'arriver pour ouvrir l'amphithéâtre, en nous expliquant brièvement que les intervenants auraient un peu de retard et que nous pouvions poser nos affaires en attendant. J'avais donc posé mes affaires dans un petit coin tout seul, comme à ma noble habitude. Mais cette fois, des élèves étaient venus s'installer autour de moi : ma solitude ne serait que de courte durée.

Puisque l'association avait du retard, je décidai alors de sortir m'aérer et fumer une cigarette avec les surveillantes. J'aimais bien cette habitude, ça me permettait de faire une pause entre les différents cours de mon emploi du temps qui peut parfois sembler interminable. On en profitait pour discuter orientation ; mais aussi sujets personnels qui n'ont pas de rapport avec le lycée, et elles me demandaient souvent comment je vivais mon placement au foyer. J'avoue que ça me faisait toujours du bien de me sentir écouté pendant ces moments-là.

J'espérais que cette intervention pourrait répondre à certaines de mes interrogations. Le jour où Léa a ramené Fiona au foyer pour la première fois, j'avais dû avoir l'air assez étonné ; mais je m'y étais fait rapidement. L'éducatrice présente à ce moment-là avait été franche directement et avait aussitôt cherché à mettre Fiona à l'aise en lui disant que ce n'était pas du tout un sujet tabou pour elle que d'être un couple lesbienne. Depuis ce jour là, je considère vraiment Léa comme un modèle, une grande sœur. Franchement à sa place, je ne pense pas que j'aurais eu le courage d'annoncer mon homosexualité à mes parents... surtout avec un père comme le sien ! Depuis qu'il avait appris pour sa copine, Léa est beaucoup plus tendue quand elle rentre au foyer après l'avoir vu. Il s'efforçait de dire qu'avec le recul il s'excusait de son mauvais comportement et de ce qu'il avait pu dire, mais on sentait bien sa froideur lorsque les filles parlaient de construire un avenir ensemble devant lui. Un soir, les parents de Léa l'avaient ramenée en voiture pour faire un débriefing sur le week-end avec le gérant du foyer. Évidemment, la discussion en était revenue au même sujet que d'habitude et le directeur avait abordé l'envie de Léa de partir du foyer pour vivre en colocation avec Fiona. Son père s'y était en toute logique opposé : d'après lui, Léa avait besoin d'un "cadre sain" pour bien commencer dans la vie. Ces mots avaient provoqué une dispute, et tout le monde avait tellement haussé la voix que Léa avait fugué pour aller dormir chez un ami, et elle n'était revenue que le lendemain soir.

Pendant que les adultes présents débattaient sur l'attitude critiquable du père de Léa vis-à-vis de Fiona, je m'étais questionné. Après tout c'est vrai : j'avais accepté cette nouvelle sans trop comprendre ce que cela signifiait vraiment, mais je ne savais pas vraiment ce que cela engendrait qu'être un couple homosexuel ou lesbien de nos jours. Perdu dans mes questionnements, j'avais décidé de me renseigner sur le net ; mais aux simples mots "couple lesbienne" ou "homosexualité", j'étais aussitôt tombé sur des critiques. J'avais immédiatement compris que le père de Léa était loin d'être le seul à avoir ces opinions et ça m'avait attristé. Je ne voyais pas en quoi ça dérangerait qui que ce soit, et il m'avait semblé qu'un parent voulait avant tout que son enfant soit heureux, peu importe son genre ou son orientation sexuelle. Mais j'avais donc pris conscience, à partir de ces recherches, que cela ne devait pas être facile à vivre pour Léa et Fiona. C'est pourquoi j'avais décidé de me lancer dans une campagne de sensibilisation aux différences avec quelques autres élèves du lycée. On avait pour objectif de faire comprendre aux élèves que le seul but commun est la recherche du bonheur car chacun le mérite, et ce, peu importe les moyens par lesquels chacun voulait l'atteindre. Aujourd'hui, en venant à cette intervention, j'espérais également en apprendre davantage pour ne plus seulement informer et prévenir des risques mais également aider les personnes qui en ont le besoin. Je me disais qu'aider les autres à aller mieux m'aiderait peut-être indirectement à aller mieux moi aussi, grâce à la satisfaction d'arriver à aider des personnes en détresse. On avait lancé cette campagne quelques jours auparavant, avec à disposition des élèves une urne pour celles et ceux qui voudraient se libérer ou nous témoigner leur parcours. Je ne sais pas comment j'avais pu perdre de vue cette responsabilité hier soir, et être prêt à tout lâcher : la contrariété de trop, je suppose...

Une des lettres déposées dans cette urne m'avait particulièrement marqué : c'était celle d'une dénommée Charlotte. Je m'étais fixé comme objectif d'arriver à la retrouver car sa lettre m'avait particulièrement touché, et je ressentais ce besoin de

lui venir en aide pour lui dire que je la comprenais.
Voici ce qu'elle nous avait écrit :

« Chers élèves, j'ai appris que vous aviez mis cette urne en place donc j'en saisis l'occasion pour me libérer. Je me sens tellement seule et j'ai beaucoup de mal à en parler. Je suis tout le temps en train de soutenir tout le monde, mais quand c'est à moi de parler de ce que je vis ou de ce que je ressens, il y a un blocage qui se fait. Je suis tellement triste ces derniers temps... je me mets à pleurer sans raison, et j'arrive de moins en moins à gérer mon stress. J'ai tellement envie de tout lâcher, mais j'ai cette impression de n'avoir aucune raison évidente de le faire. Bref, j'avais juste besoin de transformer mes pensées en mots pour me vider un peu l'esprit et être capable de me remotiver en balayant ces pensées négatives. Merci, Charlotte X »

Elle avait pris le soin de n'indiquer ni son nom de famille ni sa classe, ce qui ne me faciliterait pas la tâche si j'espérais la rencontrer. Mais j'étais pourtant toujours déterminé à le faire, car cette Charlotte, c'était moi tout craché. Elle avait mis les mots exacts sur ce que je ressentais ! Et je voulais le lui dire, et l'aider. J'aimais tellement venir en aide aux autres. J'aimais tellement voir des amis ou des élèves aller mieux grâce à moi, aller mieux parce que j'avais su trouver les mots correspondants à ce qu'ils espéraient entendre en venant me parler.

Honnêtement, c'était dans ces moments que je ne regrettais pas de toujours faire partie de ce monde.

Je repensais à l'époque où je m'étais rendu compte à quel point aider les autres faisait du bien. Ça me rappelait Virginie, ma mère d'accueil, qui m'avait fait connaître en premier ce sentiment, avant que je ne puisse le transmettre à mon tour. Du moins, que je ne puisse essayer, mais ce n'était pas toujours facile quand on était soi-même en souffrance... j'aimerais vous en dire davantage sur elle ; mais si je commence à le faire, je perdrai de vue l'intervention des WIP. Je dirai simplement qu'il s'agit d'une personne de très altruiste ; elle se préoccupait plus de moi que d'elle-même par moments, et j'admirais cette mentalité.

Le silence soudain du public me fit sortir de mes souvenirs et me ramena au présent. La conférence allait commencer et on entendait déjà les membres de l'association s'installer et faire les tests micros.

CHAPITRE 4

LA NOSTALGIE

Les membres de l'association venaient seulement d'arriver, mais il était déjà quasiment 11h30 et nous les attendions depuis plus d'une demi-heure. Cependant, vu leurs sourires et leur entrain dans leur mise en place, je ne doutais pas une seconde que cette attente restait méritée.

Lorsqu'ils sont arrivés, ils sont loin d'être passés inaperçus : vêtus de leur tee-shirts violets et brandissant leurs pancartes "#WIP → Wear It Purple", ils ont attiré l'attention des lycéens qui se trouvaient dans le hall, et nombre d'entre eux qui n'étaient pas au courant de la venue de l'association sont venus se greffer à l'intervention suite à ce mouvement de foule atypique des intervenants.

Leur prise de parole durait désormais depuis plus d'une heure, mais leur présentation était tellement captivante que le temps paraissait ne plus s'écouler. C'était passionnant ! Et ce qui me surprenait le plus, c'était de voir à quel point ils s'assumaient devant de jeunes lycéens qu'ils ne connaissaient même pas. C'est vrai que grâce à la campagne de sensibilisation organisée au lycée j'avais un petit peu appris à m'ouvrir aux autres : j'arrivais maintenant à défendre une idée devant un petit groupe, mais j'aurais été incapable de le faire devant tous les lycéens. Pourtant, je les connais globalement tous ; alors j'aurais encore moins pu le faire devant des gens que je ne connais pas. Quel courage !

Il faut quand même que je vous explique quelques choses. Depuis le début, vous commencez à me connaître comme quelqu'un d'assez introverti et timide, même s'il y a du progrès depuis peu grâce aux actions auxquelles je participe et qui m'aident à gagner confiance en moi. Cependant, je viens de vous dire que je connaissais quasiment tous les lycéens, ce qui est un peu contradictoire. Mais il y a une bonne raison à tout ça.

Je ne vous ai pas encore parlé de ma famille et il serait peut-être temps d'aborder le sujet. Mon parcours est, comment dire... assez spécial. Mon histoire est également celle de mon frère Esteban. Nous avons aussi une petite sœur de 7 ans qui s'appelle Émilie, mais nous ne l'avons jamais connue. Je vous parle de ma famille ici car c'est surtout dû à Esteban si je suis connu au lycée. Enfin, je devrais plutôt dire identifié en tant que petit frère d'Esteban que connu. Esteban a 3 ans de plus que moi, ce qui fait que quand il a obtenu son bac et a commencé ses études supérieures dans la médecine, j'entrais de mon côté en Seconde. À l'heure actuelle, Esteban est en 3ème année de médecine et moi je suis en fin de Terminale ; et je suis très stressé par rapport aux épreuves du Baccalauréat qui approchent.

Esteban était quelqu'un de très sérieux et de très investi dans la vie lycéenne. Cette année, j'ai certains des professeurs qu'il avait eu lui aussi. Vous imaginez les discours du style : « Tu ne serais pas le frère d'Esteban par hasard ? » ; « Ah, Esteban ! C'était un élève modèle ». Bref, vous aurez compris que ça me met énormément la pression, d'autant plus que moi je m'en sors moins bien que lui et je « délave l'honneur de la famille » selon ce qu'il en dit.

Esteban et moi avons plus ou moins le même parcours à quelques différences près. Le point commun c'est que nous avons tous les deux été retirés de chez notre père le 13 Février 2009, alors que j'avais à peine trois ans et lui six. Esteban et moi avons donc été placés dans la même famille d'accueil, que j'ai mentionnée au début. Émilie est née beaucoup plus tard d'une autre mère, le 26 septembre 2016, et notre père ne nous en a jamais parlé car il voulait commencer une nouvelle vie avec sa nouvelle compagne et Émilie, pour laquelle il avait réussi à garder les droits parentaux. Dans l'histoire,

Esteban est donc le seul à avoir réellement été témoin du drame survenu dans la famille, car moi j'étais encore trop jeune pour comprendre la situation, et Émilie est née beaucoup plus tard et n'a rien connu de tout ça.

Esteban me le reprochait souvent quand on était chez Virginie – notre famille d'accueil – et que j'avais des coups de mou. Il me répétait sans cesse : « Arrêtes de te plaindre, tu n'as pas connu les décès de Maman et de Papa comme moi je les ai connus ! », ce qui ne faisait qu'empirer mes tristesses. Certes, je ne les avais pas vu mourir ; mais je n'avais jamais vraiment pu les connaître, ni passer des bons moments et vivre avec eux, et ça c'était très dur pour moi.

De ce que j'en sais, notre mère était infirmière et est décédée dans un accident de voiture à la sortie de la maternité, quelques heures après avoir accouché de moi. Esteban ressort souvent les photos de Maman quand nous étions à la maternité ensemble. J'avais seulement 9 jours et la vie n'avait pas encore été aussi cruelle avec moi. C'était le 22 Janvier. Maman était assise côté passager quand un ivrogne nous est rentré dedans de plein fouet au beau milieu de la nuit. Suite à l'accident, nous avons tous survécus... à part Maman. Papa avait des vertèbres cassées et a dû faire un petit séjour à l'hôpital ; il nous a donc confiés à ses parents, Esteban et moi, nos grands-parents donc, car il ne pouvait pas se permettre de rentrer à la maison dans cet état, aussi bien moralement que physiquement, suite au décès de Maman. Quand les fractures de Papa ont été guéries, nous sommes repartis chez lui immédiatement, même si Papy et Mamie avaient insisté pour qu'il prenne plus de temps pour s'en remettre. Il en aurait eu besoin.

Je n'avais donc pas connu ma mère, et ça me pesait. En revanche, j'avais pu connaître mon père, un peu. Il était artisan charcutier dans la boucherie-charcuterie du quartier. Maman et lui étaient tous les deux des personnes très simples : enfin, en ce qui concerne Maman je me fie à ce qu'on m'en a rapporté évidemment. Suite au décès de Maman, Papa s'est très vite renfermé et on lui a diagnostiqué une dépression sévère un mois plus tard. Ça, Esteban avait toujours refusé de m'en parler car j'avais trop peu connu Papa, selon lui, donc il estimait que cela ne me concernait pas plus que pour Maman. De plus, j'ai appris beaucoup plus tard que nos éducateurs de l'ASE l'avaient interdit de me raconter quoi que ce soit à propos du passé de nos parents car j'étais trop jeune.

Nous avons donc vécu ensemble pendant 12 ans chez Virginie, qui nous considérait comme ses enfants. À ce moment là, je ne savais pas pourquoi j'avais été placé en famille d'accueil et je n'étais au courant ni du décès de ma mère après ma naissance ni des raisons pour lesquelles nous avions été retirés de chez notre père. Pendant 11 ans, je n'ai pas eu le droit de savoir quoi que ce soit concernant notre passé.

Esteban, lui, avait eu un suivi psychologique, et avait des rendez-vous obligatoires avec un psychiatre qui lui avait prescrit pendant un temps des anti-dépresseurs. À mes 11 ans, Esteban (alors âgé de 14 ans) et moi avons appris que notre père avait eu une fille avec une nouvelle compagne. Moi, ne sachant pas grand-chose de son passé, j'ai reçu la nouvelle sans trop comprendre ; mais Esteban était très énervé en l'apprenant. C'est suite à cet événement que mes éducateurs ont accepté de m'expliquer mon passé. J'ai donc été suivi à mon tour par une psychanalyste et j'ai encaissé, petit à petit, les diverses informations qui m'ont été balancées sans aucune douceur : le décès de ma mère à ma naissance, puis celui de Papa, survenu quelques années après la naissance d'Émilie à cause de sa dépression et de sa chute dans l'alcoolisme pendant mon enfance, le fait qu'on aient été retirés de chez lui parce qu'il avait fait de nombreuses tentatives de suicide ratées lorsque nous n'étions pas à la maison... mais ce qui m'avait fait le plus de mal, ça avait été d'apprendre que c'est Esteban qui avait dénoncé Papa aux autorités, parce qu'il voulait partir de la maison. Je lui en avais voulu à l'annonce brutale du décès de Papa, car je l'avais connu, un peu, et j'aurais voulu mieux le connaître ; et le savoir décédé après notre placement, avant que j'aie pu le revoir, c'était dur à encaisser...

J'avais été totalement abasourdi au départ, à vrai dire. Puis la colère s'était installée. Cela signifiait donc qu'en plus de ne pas avoir connu ma mère, décédée peu après ma naissance, si je ne vivais pas avec mon père à l'heure actuelle, c'était à cause de mon frère ? Ma psychologue référente de l'ASE avait eu beau me raisonner en m'expliquant que mon frère avait ses raisons que j'aurais peut-être partagées à sa place, c'était fini ! Je ne voulais plus considérer Esteban comme mon frère !

L'ambiance était très tendue à la maison. Nous ne supportions plus de vivre ensemble. C'est là que j'avais commencé à aller mal : je ne pouvais plus supporter Esteban, mais je n'aurais pour rien au monde demandé à partir de chez Virginie. Je l'aimais beaucoup trop. C'est elle qui m'avait élevé depuis tout petit, c'est elle qui m'avait aimé et vu grandir, et c'est elle que j'identifiais comme étant ma mère, n'ayant pas eu d'autre figure maternelle dans mon enfance. À la maison, c'était donc le jeu du chat et de la souris entre Esteban et moi. C'était à qui aller craquer et quitter la maison le premier. Et malheureusement, c'est moi qui ai perdu ce jeu, au bout de 2 ans de combat. C'est à mes 16 ans que j'ai atterri en foyer pour mineurs.

Pendant ces 2 ans, j'ai connu une multitude d'autres difficultés en plus de ce choc émotionnel et de cette atmosphère pesante qui régnait à la maison, ne me donnant même plus envie de rentrer après le collège. En 5ème et 4ème, on s'est beaucoup moqué de moi sans raison, simplement parce que je ne vivais pas chez mes parents. En 3ème, les moqueries ont tourné au harcèlement. Les années collèges ont été les plus difficiles pour moi. En rentrant au lycée, j'espérais me faire des amis un peu plus matures et ça avait été le cas. C'était les parents de mes amis qui étaient plus réticents, cette fois. En fin de 2nde, je me rappelle avoir voulu fêter mon anniversaire mais j'avais fini par le fêter avec ma famille d'accueil et ses parents uniquement. Les parents des amis que je comptais inviter disaient qu'ils ne voulaient que leurs enfants côtoient un enfant comme moi, un enfant qui selon eux n'est pas fréquentable car il dépendait de l'État et était surprotégé.

Si j'avais su qu'il s'agirait de mon dernier anniversaire fêté dans ma famille d'accueil, j'aurais moins été déçu de l'absence de mes amis, et j'en aurais davantage profité. Outre ma scolarité épineuse, l'ambiance devenait toxique entre Esteban, Virginie et moi. Je me prenais souvent la tête avec Esteban et ça allait parfois très loin. Nous nous sommes souvent battus, insultés, etc. Mais une fois, c'est allé trop loin : trop loin en ce qui concernait mon lien avec Esteban et trop loin vis-à-vis du travail de Virginie. Cette fois-là, c'en était arrivé au stade où, au cours d'une dispute avec Esteban, j'avais osé levé la main sur Virginie qui tentait de nous séparer, comme d'habitude. Mais cette fois-là, ce n'était pas comme d'habitude, et ça ne le serait plus jamais. Esteban s'était empressé de prévenir les services de l'ASE de mon comportement et j'avais été placé en urgence en foyer pour mineurs le soir-même.

Dès mon arrivée au foyer, tout s'est enchaîné très rapidement. La semaine suivante, Virginie m'avait déposé toutes mes affaires et était venue me dire au-revoir, accompagnée d'Esteban et de Papy et Mamie. Ce moment d'au-revoir était encadré par mon éducatrice référente de l'ASE et ma nouvelle cadre référente du foyer afin que tout se passe bien.

Mais bon, maintenant que vous en savez un petit peu plus sur moi, je me tais un peu et je vous laisse suivre la conférence. Le porte-parole était en train d'exposer le programme des prochaines minutes.

« Après présentation de l'association par notre fondatrice, qui aura un petit peu de retard, nous vous expliquerons un peu plus en détail pourquoi nous sommes venus aujourd'hui dans votre établissement, et nous vous dévoilerons les activités de sensibilisation qui vont vous être proposées durant cette fin de journée afin de... »

Je cessai d'écouter un court instant car un élève à ma droite venait de me glisser un coup de coude pour me demander l'heure. Suite à cela, j'ai donc dû me lever et les laisser passer car ils comptaient aller manger. Puisque les intervenant étaient arrivés en retard, ils devaient partir avant la fin et aller prendre leur repas maintenant, sinon ça aurait été un peu compliqué vu qu'ils avaient cours directement après. Après ce chahut, je pus donc me rasseoir et suivre la suite du discours, car j'avais pour ma part pris l'initiative de manger avant l'intervention, afin de ne pas en louper une seule miette.

CHAPITRE 5

L'ADMIRATION

Le discours se poursuivait dans l'amphithéâtre, captivant l'attention de tous les élèves présents. Mes voisins s'étant éclipsés pour aller déjeuner, je me retrouvais une fois de plus seul face à mes pensées. J'écoutais attentivement les informations données sur le fonctionnement de l'association et ses objectifs pédagogiques.

Tandis qu'étaient décrites les différentes actions de sensibilisation sur les questions de genre et de sexualité menées par WIP, je ne pouvais pas m'empêcher de repenser à cette fameuse recherche internet que j'avais faite sur le sujet. Je ressentis alors une profonde admiration pour tous ces jeunes et étudiants qui osaient affirmer leur identité et faire valoir leurs droits avec détermination. En prêtant attention à l'éloquence de Victor, le porte-parole, je restais persuadé que Léa et Fiona faisaient partie de cette initiative et cela me procurait un grand sentiment de fierté. Mon esprit ne cessait de vagabonder entre ce dernier, la conférence en elle-même, et le rôle que je pouvais jouer en étant là à cet instant. La campagne de sensibilisation aux différences avait été un premier pas, mais je sentais que je pouvais m'investir davantage. Dire qu'il y a quelques heures je ne voyais plus de raison de vivre... je profitais de ce regain d'espoir, de motivation, et j'espérais qu'il durerait assez longtemps pour que je puisse faire du bien autour de moi. Je me laissais aller à imaginer les prochaines actions de notre groupe et je sentais que j'avais une mission : celle d'aider à un environnement inclusif et respectueux pour tous les élèves, quelles que soient leurs orientations sexuelles ou leurs identités de genre. A ces pensées, une image me traversa l'esprit : Charlotte. La jeune fille qui avait déposé une lettre dans notre urne peu de temps auparavant. Son cri silencieux résonnait encore en moi, me rappelant l'importance de notre engagement et la nécessité de persévérer pour aider celles et ceux qui se sentent perdus.

Je me concentrais à nouveau sur l'intervention car un changement soudain de ton se ressentait dans la voix du porte-parole. Après une présentation assez longue et magistrale, il nous annonça l'arrivée de la fondatrice de l'association. Puisque la venue avait été préparée en amont par les BTS, elle fut en toute logique accompagnée de ceux-ci lors de son entrée sur scène, sous nos applaudissements, dans l'amphithéâtre. La foule s'était levée pour l'accueillir, ce qui m'empêchait de distinguer si Léa et Fiona faisaient bel et bien partie du groupe des BTS organisateurs. C'est alors que la fondatrice prit la parole, très brièvement :

« Bonjour à tous, merci pour votre accueil. Je suppose que notre adorable porte-parole m'a déjà présentée pendant une demi-heure et vous a demandé d'applaudir pour me flatter. »

Quelques rires dans la salle : l'intervenante avait l'air satisfaite de son effet.

« Je plaisante, reprit-elle. Je le connais bien et je n'ai aucun doute sur le fait qu'il vous a présenté l'association WIP dans tous ses aspects et comme il se doit. Je m'appelle donc Margaret et j'en suis la fondatrice. Avant de vous présenter le reste de l'équipe, je tiens à remercier l'établissement et les BTS d'avoir préparé notre venue aujourd'hui, et j'ajouterai, avant de redonner le micro à Victor, que je serai présente également sur le stand pour toute question jusqu'en fin d'après-midi. Merci à vous. »

Comme demandé, Victor récupéra le micro et mena les présentations qui se déroulèrent solennellement. Il appela un à un les différents membres en présentant leurs différentes fonctions. Il poursuivit en expliquant que l'association avait rajouté de nouveaux statuts puisque le nombre de bénévoles le leur permettait. Il continua donc les présentations, mais à l'issue de celles-ci, un malentendu semblait subvenir lorsque l'équipe vint face à l'audience. La fondatrice reprit donc la parole :

« Je souhaiterais ajouter quelque chose : à l'issue de cette formation, vous pouvez valider un test qui vous certifie comme admissible au poste de formateur ; c'est pourquoi nous souhaitions revenir là-dessus car vous avez la chance de pouvoir compter à présent sur deux formatrices parmi vous dans le lycée. Léa et Fiona, félicitations à vous deux, vos candidatures ont été retenues. Bienvenue dans l'équipe ! » annonça-t-elle avec joie en les invitant à rejoindre le reste de l'équipe.

C'était comme si mon cœur s'était arrêté de battre un court instant. Léa et Fiona, dans l'équipe des WIP ? Quelle super nouvelle ! Elles étaient bien là, face à nous, enfilant les tee-shirts de l'association avec comme inscription « formatrice », le tout sous les applaudissements ! Je n'en revenais pas ! Un grand sourire aux lèvres, j'en avais presque mal aux mains à force de les frapper l'une contre l'autre. Je comptais bien m'empresser d'aller les féliciter à l'issue de la conférence.

C'est à cet instant que Léa croisa mon regard : un regard empli d'éblouissement et d'admiration. Elles se mirent donc toutes deux avec le reste de l'équipe et Margaret reprit son discours.

« C'est toujours un immense plaisir de voir notre tribu s'agrandir et se fortifier, et ça l'est encore plus lorsqu'on accueille des bénévoles aussi jeunes et déjà motivées, félicitations à vous mesdemoiselles. »

Après ce mot de la fondatrice, et d'autres paroles de félicitations des différents membres WIP, on leur tendit le micro en disant : « C'est à vous les filles, vous êtes la future génération de l'association, c'est à vous de les convaincre. » De toute évidence, Léa, avec sa nature craintive, laissa Fiona commencer :

« Pour commencer, j'aimerais dire que cette expérience et cette formation ont été pour nous deux une vraie révélation. Nous ne comptions pas passer le test au début, mais ce sont les rencontres que nous avons faites, que ce soient nos formateurs armés de leur expérience hors du commun ou bien les étudiants avec leurs parcours tous aussi atypiques les uns que les autres qui nous ont fait passer le cap.

— À vrai dire, je n'ai pas grand-chose à ajouter, renchérit Léa, mis à part que nous sommes ravies d'avoir été choisies, et fières de pouvoir vous représenter, vous étudiants, afin de mieux vous comprendre et donc mieux vous aider. Être différent, c'est normal, et ça devrait être normal d'être indifférent aux différences des autres, d'accepter les autres sans porter de jugement ; alors soyez fiers de ce que vous êtes, de ce que vous avez été, et de ce que vous voulez devenir. Merci. »

Les deux formatrices fraîchement nominées eurent donc l'honneur de se faire raccompagner à l'issue de la conférence par leur nouvelle équipe. Alors que les WIP se dirigeaient vers le hall, je me préparais à sortir dans les premiers afin de mettre toutes les chances de mon côté pour retrouver Léa et Fiona au stand. Certes, je verrais Léa le soir-même en rentrant au foyer, mais je supposais qu'elle aurait enlevé son tee-shirt et qu'elle ne souhaiterait pas spécialement en parler aux autres du foyer : donc c'était maintenant que je devais la rattraper !

J'apercevais Léa, noyée dans la nuée d'étudiants qui se hâtaient de sortir de la salle de conférence ; je tentais alors de me frayer un chemin pour la rejoindre le plus rapidement possible.

Je l'atteignis presque lorsqu'une voix m'interpella : « Mickaël ? ». Je me retournai et j'aperçus Fiona qui m'indiquait de la rejoindre. Mais pris dans la foule je fus percuté en me retournant, et j'étais à présent sur le sol.

Je restai un instant sans bouger, le temps de reprendre mes esprits, alors qu'une dizaine d'élèves me passaient par-dessus sans me prêter la moindre attention. Toutefois, en relevant la tête, je distinguai une silhouette se pencher vers moi. Je vis alors un visage souriant : à peine sorti de ma confusion, mon cœur se mit à osciller entre excitation et appréhension, à l'idée de parler à cette inconnue. Il s'agissait d'une jeune fille, dont le regard se posa sur moi. Elle me tendit la main et prononça ces mots :

« Tu vas bien, Mickaël ? »

Mickaël ? Cette fille me connaissait donc. Pris de court, je répondis simplement un « oui » timide pendant qu'elle m'aidait à me relever. Elle semblait avoir remarqué mes interrogations, et elle enchaîna :

« J'ai vu à quel point tu observais Léa avec admiration tout à l'heure. Elle m'a beaucoup parlé de toi : elle a de la chance de te connaître ».

De la chance ? Léa ? Les informations défilaient et je peinais à faire les connexions entre chacune d'elles.

 « Moi c'est Charlotte : ravie de te rencontrer, même si le contexte n'est pas idéal. En revanche, j'ai cours donc je vais devoir y aller. À bientôt ! » À ces derniers mots, elle m'adressa un signe puis s'éloigna progressivement.

Je la regardai partir, comme hypnotisé, ou pris de vertige. Ce qui venait de se passer avait l'apparence d'un rêve : étant donné mon manque de sommeil, je ne pouvais même pas écarter cette hypothèse. Certes, selon une recherche préalable, il y avait 3 filles nommées Charlotte dans le lycée : est-ce que c'était celle que je cherchais ? Ce sourire angélique, et cette gentillesse… j'y croyais à peine. Mais bref, je divaguais. Pour en être sûr, une seule solution : en parler à Léa pour en savoir davantage sur cette Charlotte, qui semblait nous connaître Léa et moi. La sonnerie me ramena à la réalité : je m'en occuperai plus tard, car, malheureusement, moi aussi j'avais cours.

Ces derniers me semblèrent interminables, mais je sentis, au cours de la journée, une nouvelle détermination s'emparer de moi. J'avais trouvé un nouveau sens à mon engagement : celui d'aider des étudiants en leur partageant mon parcours et mes expériences, ce qui m'aiderait à aller mieux également. En rentrant au foyer, je sentais que cette journée était le début d'une grande aventure : celle d'aider ceux qui sont dans le besoin, une personne à la fois. J'écrivis :

« Cher journal,

Je viens de rentrer ce soir et la journée n'a pas été de tout repos. Cette journée a été fatigante car elle a été remplie d'émotions variées, mais c'est une fatigue que j'ai l'impression d'apprécier.

Je crois que j'ai enfin trouvé ce qui pourrait m'aider à aller mieux. J'ai envie d'aider des adolescents comme moi, des adolescents qui sont perdus et débordés par les événements qu'ils traversent ou qu'ils ont traversé. J'ai envie de pouvoir les aider en leur partageant mon vécu et en leur offrant une écoute attentive. Je pense qu'accompagner des personnes dans ces situations ne pourra que m'aider à aller mieux moi aussi, d'une part parce que cela contribuera à ce que je me sente moins seul face aux péripéties que je dois affronter, mais aussi parce que réussir à les aider me rendra heureux.

Si j'ai réfléchi à tout ça, c'est parce qu'aujourd'hui, j'ai assisté à une conférence contre des discriminations, plus particulièrement pour défendre les différences de genre et d'orientation sexuelle, et figure-toi que Léa et Fiona ont intégré une association en tant que formatrices sur concours ! Ça m'a fait prendre conscience que moi aussi je peux, plutôt que de me renfermer sur moi-même, me défendre et assumer mes différences, comme elles.

D'ailleurs, j'ai repensé à Esteban ce soir en rentrant au foyer. Lui qui considère que je « délave l'honneur de la famille » sous prétexte que j'ai de moins bonnes notes que lui avait en cours. Je pense que me faire remarquer, mais d'une autre manière – c'est-à-dire en devenant un élève connu pour aider les autres – serait un bon moyen de lui clouer le bec et de lui montrer qu'on est tous différents et qu'il n'y a pas que les notes qui comptent dans la scolarité d'un lycéen.

Pour finir, j'ai fait une rencontre assez inattendue. Une certaine Charlotte, qui m'a tendu la main et qui semble connaître Léa. Je vais de ce pas aller lui demander plus d'informations car, pour être franc, cette fille m'intrigue et j'aimerais en savoir plus à son sujet. Peut-être réside-t-il ici, potentiellement, une amitié naissante ? »

CHAPITRE 6

LA RECHUTE

Quelques jours plus tard, la vie avait repris son cours. J'avais discuté avec Léa le soir-même et elle m'avait, en effet, dit connaître cette Charlotte. Mais le portrait qu'elle m'en avait fait ne paraissait pas correspondre à l'attitude mélancolique que j'avais ressentie en lisant la lettre déposée dans l'urne. De plus, il semblait que cette élève se présentait uniquement comme Charlotte auprès des personnes qu'elle ne connaissait pas, et en lesquelles elle n'avait pas confiance. Elle s'appelait en réalité Cassandra : Charlotte était son deuxième prénom. Léa ne savait pas pourquoi elle ne révélait son identité qu'aux personnes de confiance, mais je doutais que la Charlotte de ma lettre, si sincère, aurait utilisé un pseudonyme. Je fus déçu de comprendre que ce n'était pas la personne que je recherchais qui m'avait aidé à me relever. Maintenant, bon courage pour trouver la bonne Charlotte, surtout parmi les 2 500 personnes qui déambulaient dans les couloirs quotidiennement...

Lancés dans notre discussion, Léa sentait que j'avais encore un tas de choses dont je voulais lui parler : alors elle me proposa d'aller faire un tour, histoire de nous couper un peu de l'environnement du foyer. Il était 21h, nous sortîmes donc un peu pour poursuivre notre discussion dehors. C'est vrai qu'on ne passait pas beaucoup de temps ensemble hormis au lycée, et ce soir, on était tous les deux disponibles, donc ça aurait été dommage de ne pas en profiter.

On a fini par parler de sa nomination, et je lui ai dit que j'étais fier d'elle, et aussi que je me demandais comment elle avait changé aussi radicalement : elle avait énormément pris confiance en elle ces derniers temps. Elle m'expliqua qu'elle avait demandé à changer de psychologue et que cela l'avait beaucoup aidée. Auparavant, elle partageait la même psychologue que moi à l'ASE, et elle sous-entendait que son attirance envers les filles était une lubie qui finirait par passer. Déjà qu'elle entendait ce discours de la part de son père... mais depuis son changement de suivi, elle avait retrouvée confiance en elle grâce à une psychologue qui était beaucoup plus à son écoute, et qui l'encourageait à s'assumer et à s'affirmer. On se mit à critiquer le charlatan qui me servait de psychologue. Je lui dis qu'elle m'insupportait, et que j'avais l'impression de parler à un mur pendant nos rendez-vous. Elle renchérit en me disant qu'elle comprenait tout à fait ce ressenti, puisque c'est ce qui l'avait le plus énervée. Ce soir-là, après avoir discuté avec Léa, je me sentais beaucoup mieux.

Les jours suivants, comme je n'avais pas particulièrement le temps de partir à la recherche de la bonne Charlotte, j'avais repris ma vie banale de terminale à l'approche du baccalauréat : les cours, les devoirs, et encore les devoirs.

Mais ce soir, alors que j'étais justement en pleine rédaction d'un devoir maison de physiques, un souvenir m'était revenu : suite à cela, de fil en aiguille, je me retrouvais à nouveau perdu dans mes pensées.

« Vais-je réussir mes examens, me demandais-je tout-haut, vais-je m'en sortir ? »

Mes pensées s'estompèrent promptement puisqu'une voix m'appelait.

« Oui ? », répondis-je sans savoir à qui je m'adressais.

La porte fut alors ouverte et c'est Léa qui venait de rentrer.

« Oh, Léa ! Comment tu vas ? Excuse-moi, je ne t'avais pas entendue arriver.

– T'en fais pas, ce n'est rien. Comment ça se fait que tu sois déjà là, tu n'es pas allé en cours aujourd'hui ? »

Un silence pesant s'écrasa alors dans la pièce. Léa avait compris la vérité avant même que je n'aie pu donner mes excuses.

« Si, j'y suis allé ce matin, mais je suis rentré en fin de matinée, je ne me sentais pas bien.

– Tu as mangé ce midi ? »

Une courte interruption ; mais elle renchérit immédiatement :

« Mickaël, qu'est-ce qui ne va pas ? On commence à se connaître quand même toi et moi, davantage qu'avec les gars, non ?

– Oui, mais je ne sais pas, j'ai l'impression de trop me plaindre et je n'ai pas envie que tu finisses par t'éloigner et que je perde à nouveau l'aide de quelqu'un ici.

– Alors déjà, tu ne me perdras jamais. Tu le sais très bien, je ne viens pas te parler par intérêt, mais par choix. Repose-toi un peu, je vais aller cuisiner quelque chose pour le goûter et on en discute quand tu iras mieux, d'accord ? »

Suite à cette ultime question rhétorique, Léa quitta la chambre et je me sentais vraiment perdu.

J'avais l'impression d'être comme pris au piège dans un tourbillon d'émotions que je ne parvenais pas à contrôler. J'avais beau multiplier les efforts pour garder la tête hors de l'eau, mon passé me rattrapait une fois de plus et j'étais bousculé par nombre de pensées sombres. Ces derniers temps, je sentais un changement dans ma manière de voir le monde ; mais l'adrénaline que j'avais ressentie à l'écoute du nom de Charlotte la dernière fois avait été si forte que la déception d'apprendre que ce n'était pas la Charlotte à laquelle je m'attendais fut tout aussi intense. L'intervention des WIP disparaissait peu à peu de ma mémoire, remplacée par un désespoir profond et persistant.

Je pris alors la décision de ressortir mon journal, une fois m'être assuré d'avoir verrouillé la porte afin que Léa n'ait pas connaissance de celui-ci. J'empoignai donc mon stylo et me lançai :

« Cher journal,

Je suis assis, seul, dans ma chambre, le regard fixé sur toutes les pages du carnet que j'ai déjà remplies. Ces pages semblent se moquer de moi, comme si mes efforts pour trouver un sens à ma vie étaient vains et que cette envie soudaine de libération par l'écriture n'était qu'une illusion ridicule. »

Je ressentais une douleur étouffante, comme si un poids invisible compressait ma poitrine, m'empêchant de continuer à écrire normalement. Les pensées sombres se déroulèrent dans ma tête et formaient un cycle éternel d'auto-dépréciation.

Je repensais à la gentillesse de Charlotte, qui m'avait tendu la main sans même me connaître, à la lueur d'espoir qu'elle avait apportée dans ma vie ; mais même ses paroles réconfortantes ne parvenaient pas à dissiper les ténèbres qui m'entouraient. Les WIP m'avaient également apporté des ressources pour surmonter mes luttes intérieures, mais malgré leur bienveillance et leur empathie, l'envie était insoutenable : je voulais rejoindre mon père au paradis.

« Et même si pendant un temps il y a eu du mieux, ça fait déjà quelques semaines maintenant que j'ai rechuté. » : voilà le passage du carnet sur lequel mes yeux se sont délicatement posés. Et cet instant avait suffit à me replonger dans ces épineux souvenirs.

Je me levai brusquement de ma chaise, sentant une vague de frustration monter en moi. Je m'efforçai de lutter contre ces pensées omniprésentes, mais j'étais de plus en plus impuissant face à leur emprise. Je me reposais cette même question : « Ai-je la force de continuer à me battre, et en ai-je seulement envie ? »

Le journal restait là, ouvert mais ignoré, comme un rappel constant de mes efforts inachevés. J'avais l'impression que mes propres mots se retournaient contre moi, me rappelant incessamment la réalité brutale de la situation.

Je m'effondrai alors sur mon lit, sentant de lourdes larmes brûlantes perler sur mes joues. Je ne voulais pas abandonner, mais j'étais épuisé, vidé de toute énergie... La bataille acharnée que je menais contre mon passé était de plus en plus insurmontable.

Dans un dernier effort, je saisis le journal et me remis à écrire, laissant mes pensées s'écouler sur le papier dans un élan interminable. Mais alors que je griffonnais frénétiquement, Léa toqua à nouveau à la porte. Je m'empressai alors de balancer mon carnet sous une pile de vêtements, j'essuyai rapidement mes yeux et je déverrouillai la porte pour la laisser entrer :

« Pourquoi t'étais-tu enfermé ? », demanda-t-elle spontanément.

Je ne pouvais plus reculer. À ce stade là, Léa me connaissait trop pour que je puisse lui mentir une seule seconde. Je me suis donc libéré, j'ai déballé tout ce que j'avais sur le cœur : Charlotte, mon père, les cours... Léa se tenait là, attentive et empathique, et elle attendit patiemment que j'eus finis sans me couper une seule fois la parole.

À l'annonce de ces nouvelles inattendues, elle se lança à son tour dans un long discours :

« Mickaël, dit-elle doucement, tu n'es pas seul. Je suis là pour toi, pour t'aider à traverser ces moments difficiles. Tu as le droit de ressentir tout ce que tu ressens, mais tu ne dois pas te laisser submerger par tes pensées sombres. Il y a de l'espoir, même dans les abîmes les plus profonds. »

Les mots de Léa se répétaient dans ma tête, comme une bouée de sauvetage dans l'océan tumultueux qu'était ma vie. Je me rendis compte que je n'étais pas seul, et qu'il y avait encore des gens qui se souciaient de moi et qui étaient prêts à m'aider. Peut-être qu'avec ces aides, je pourrais atteindre la lumière au bout du tunnel de ma détresse. Je me remis à pleurer de plus belle, de soulagement, en la remerciant encore et encore.

Une fois calmé, nous nous sommes assis pour continuer la discussion. Elle voulait m'aider à me changer les idées, et en avait profité pour elle aussi se confier et me parler des difficultés auxquelles elles faisaient face, elle et Fiona, du fait qu'elles soient lesbiennes. Elle m'expliqua les critiques que l'on pouvaient leur faire, comme quoi l'humanité se porterait tout aussi bien sans elles, et d'autres horreurs de cet acabit. Mais elle insista aussi sur un élément primordial : elle me raconta qu'à l'issue de leurs nominations au sein des WIP, des personnes et même des groupes de personnes étaient venus leur présenter des excuses par rapport aux remarques blessantes qu'ils avaient pu leur dire par le passé. Elle me dit que même si ce n'était pas une révolution, c'était ce genre de petites victoires qui la motivait au quotidien. Elle avait raison... je ne m'en rendis compte que quelques temps après, mais il fallait arriver à passer outre les critiques, et profiter des instants de bonheur quand ils se présentaient à moi.

La soirée s'était poursuivie comme habituellement. Léa n'avait pas évoqué ce coup de mou aux autres quand nous sommes passés à table. Après le repas, elle était venue me voir pour me demander si je voulais l'accompagner le lendemain matin, puisqu'on serait jeudi et qu'elle serait accompagnée de Fiona. Elle était ensuite partie dans sa chambre, et je m'étais moi aussi mis dans mon lit. Je m'endormis assez facilement ce soir-là, mais mon cerveau lui continua à travailler. Je rêvais de mon père, l'imaginant encore à mes côtés, et ces rêves m'apaisaient.

Au beau milieu de la nuit, je me réveillai raide comme un pic. Une alarme stridente et continue retentissait. Étais-je en train de rêver ? À cet instant, je n'en avais aucune idée. Je revêtis le premier manteau venu et me pressai de sortir. Étonnement, tout paraissait être calme excepté cette alarme, dont je n'arrivais pas à déterminer la source. Aucun son qui aurait pu signifier la présence d'un autre jeune. Les couloirs me paraissaient infinis, tout était lugubre et pesant. Je ne me sentais vraiment pas à l'aise. La sirène continuait de siffler tandis que j'essayais de me frayer un chemin vers la sortie dans le noir total. Cela ne durait que depuis quelques secondes peut-être, mais ça m'avait paru être une éternité. Après une longue course contre-la-montre et contre mon esprit obnubilé par cette alarme stridente qui venait de partout à la fois, j'aperçus la lumière. Sûrement les autres jeunes qui étaient sortis avant moi, me suis-je dit. Mais inconsciemment, ces voix me paraissaient familières.

C'est là que les choses se compliquèrent. J'aperçus une voiture en feu foncer droit dans un pylône électrique à travers la fenêtre emplie de buée du foyer. Le bruit, le noir, la lumière de la sortie aveuglante et les flammes. Ça ne pouvait pas être réel, et pourtant j'en avais l'impression. Ce n'était pas les jeunes mais mon frère Esteban qui m'attendait à la sortie. Mon père, paniqué, était en train d'appeler les secours alors qu'il venait de me sauver des flammes qui nous entouraient. Quelques instants plus tard, j'étais dehors, face à mon frère qui me paraissait beaucoup plus jeune que la réalité, mais tout s'arrêta subitement et une voix plus familière et réconfortante me demanda :

« Qu'est-ce qu'il t'arrive, tu es plein de sueur ? »

J'étais là, devant le foyer, l'alarme incendie n'avait jamais résonné que dans mon imagination. Nous n'étions que 3, une éducatrice et Léa, qui m'avaient entendu chuter dans les marches et m'accompagnaient en attendant l'arrivée des secours car je venais de m'écrouler devant elles.

Je me réveillai 4 heures après ça, dans un endroit que je ne reconnaissais pas, et j'étais seul dans une pièce trop éclairée à mon goût. Je me demandai une nouvelle fois si c'était réel, mais une voix balaya mes doutes :

« Docteur, il s'est réveillé. »

Un homme en blouse blanche s'approcha de moi et m'expliqua tout ce qu'il venait de se passer. Étrangement, tout me revenait successivement. La journée difficile, la nuit, l'alarme incendie, la voiture en feu, le malaise, et mon arrivée aux urgences. Le médecin m'expliqua qu'il allait prévenir mes tuteurs de mon réveil afin que l'on vienne me chercher. Il m'apporta de quoi me laver, ainsi qu'un petit-déjeuner digne d'un hôpital, et fit demi-tour. Je me questionnai longuement sur la cause de ce rêve. Pourquoi cet événement ? Qu'est-ce que cela pouvait signifier ? Ce qui est sûr, c'est qu'au moins j'avais bien dormi : le médecin m'a dit que j'avais été dans un début de coma pendant 2 heures avant que mon rythme cardiaque ne redevienne stable. Ce n'était pas normal, mais même si j'en étais conscient, je ne savais pas comment l'interpréter.

Pleins de pensées se mélangeaient dans ma tête pendant cette longue attente solitaire. Le médecin revint me poser des questions sur un tas de choses pour faire mon bilan de santé ; quelques minutes plus tard il était de retour, me disant que le tabagisme agissait sur mes poumons plus rapidement que la normale à mon âge. Il voulait faire plus d'examens, mais je n'avais pas envie d'y penser, c'était trop soudain. Il me conseilla toutefois d'arrêter rapidement ma consommation avant qu'il ne soit trop tard. Je repensais alors à mon père, que « j'avais pu connaître [...] un peu », comme je l'avais écris dans mon journal. En effet, mon père était décédé 13 ans après Maman. Il avait réussi à surmonter le deuil, mais le tabagisme et l'alcoolisme, ses moyens de survivre à la dépression avant une réelle prise en charge, l'avaient poursuivi bien après. Pour l'alcool, il avait pu s'en sortir, mais au détriment du tabac : près d'un paquet par jour, apparemment. Je n'en était pas loin... ce qui m'en empêchait, c'était le prix des cigarettes. Ce qui devait arriver, arriva : un cancer des poumons, 2 ans après la naissance de notre demi-sœur Émilie. En arriverais-je, moi aussi, à ce stade, si je ne prenais pas en main les choses assez rapidement pour réguler, puis stopper, ma consommation de tabac ? Le docteur me laissa un dépliant, avec un numéro. Pas maintenant ; en dernier recours. Je pouvais arriver à m'en sortir seul, pour le tabac, ce n'était pas comme la dépression...

De toute façon, si je m'étais mis à fumer, c'était de sa faute, à mon « frère » – et encore, même entre guillemets ce mot m'écorchait. Et dire que c'était lui qui avait dénoncé Papa aux autorités car il voulait un prétexte pour partir de la maison. C'est donc à cause de lui que je n'avais pas pu connaître mon père autant que je l'aurai voulu, alors que je ne n'avais même pas pu connaître ma mère. Il m'avait privé de mes deux parents. Et par-dessus tout, c'est ce même « lui » qui m'en avait fait baver, à cause de qui je ne vivais plus chez celle que j'avais identifié comme ma mère avec le temps. Pas étonnant que je n'aie plus envie de le considérer comme un membre de ma famille. Mais pourquoi cette réaction ? Pourquoi m'en voulait-il autant, comme si j'étais responsable de quelque chose que j'ignorais moi-même ?

Mais « j'avais osé la main sur Virginie », avais-je stipulé dans le carnet, et je m'en voulais toujours. Pour ça, je ne pouvais pas lui rejeter la faute. Comment avais-je pu oser lever la main sur celle qui m'avait élevé, aimé et accueilli comme son propre enfant ? Rien que d'y repenser, je sentais mon cœur se nouer. Cette partie de mon vécu restait pour moi un échec, car je n'avais pas su tirer partie de la chance que j'avais et je le regrettais énormément. Toutefois, j'avais toujours cette hargne de montrer qu'on pouvait s'en sortir quoiqu'il arrive, et je voulais montrer à Virginie et à sa famille que j'en étais capable. Je me devais de leur montrer que tout ce qu'ils m'avaient appris n'était pas vain, même si cela ne s'est pas terminé comme nous l'aurions espéré.

CHAPITRE 7

LA PRISE DE CONSCIENCE

Une fois de retour au foyer, je fus reçu presque immédiatement par ma psychologue de l'ASE qui voulait, je cite, qu'on « fasse le point ». Ça c'était habituel… quand tout allait mal, ils ne voulaient pas nous recevoir, mais quand on avait envie d'être seul ou de nous confier à de vraies personnes de confiance, ils nous recevaient de force et nous obligeaient à parler.

« Pourquoi as-tu repensé à ton père ? », lança-t-elle d'entrée de jeu.

Toujours le même rituel. Pour les « bonjour, comment ça va ? » il n'y avait personne, mais pour nous poser des questions auxquelles nous n'avions nous-même pas les réponses, il y avait du monde.

Je restais muet, j'étais dans une impasse. J'essayai de repenser aux conseils que les WIP m'avaient donnés pour ne pas m'effondrer en larmes devant elle. « Prends de grandes inspirations, et évacue toutes tes pensées négatives », me répétai-je. Inspiré par les conseils que j'avais reçus, je décidai alors de prendre les choses en main :

« Pourquoi est-ce toujours vous qui posez les questions, commençai-je, vous êtes une psychologue, vous êtes donc là pour m'écouter, je me trompe ? »

Je sentais la furie s'emparer de moi et prendre le contrôle sur ma raison et sur ma peur. Toutes ces accumulations de griefs et de questions sans réponses remontaient, débordaient.

« Vous ne m'écoutez pas, vous me posez des questions. Et moi, qui est-ce qui répond à mes questions ? Certainement pas vous. »

Ma colère ne faisait que croître et ma psychologue, qui ne m'avait jamais vu comme ça auparavant, restait bouche bée, face à moi.

« Depuis petit, je vous pose des questions, à vous et aux autres, et jamais on ne me répond. On n'a pas le droit de te le dire, tu n'est pas encore prêt, et patati et patata. Qu'est-ce qui vous permet de juger si je suis prêt ou non ? Pas un rendez-vous d'une demi-heure une fois toutes les deux semaines, en tout cas. Alors moi, pourquoi est-ce que je serais obligé de vous répondre ? Pourquoi je serais contraint à répondre à des questions qui n'ont ni queue ni tête alors que vous ne répondez même pas à mes questions les plus faciles? »

Ça y est, j'avais vidé mon sac. La psychologue me fit signe de sortir, sentant ma rage prête à exploser à tout moment. Elle ne prit même pas la peine de me proposer un prochain rendez-vous, et heureusement car je ne m'y serais pas présenté.

Cette fois-ci, les conseils des WIP m'avaient aidés. Je savais que je devais utiliser leurs ressources et m'inspirer de cette rencontre pour m'améliorer psychologiquement. La différence, c'est qu'ils m'avaient conseillé par bonté, eux, pas juste pour un salaire à la fin du mois. J'avais réussi à dire ce que j'avais sur le cœur sans pour autant fondre en larmes ou me mettre dans tous mes états. J'avais été ferme, certes, mais j'étais resté courtois et la pression était redescendue aussitôt après. Je venais de me libérer d'un de mes oppresseurs extérieurs, et je me sentais enfin moi-même : un Mickaël qui osait dire les choses et qui récoltait le fruit de ses efforts. Je pris une grande inspiration, et la journée se poursuivit impeccablement.

Ce soir-là, je pensai à Léa. Elle était chez Fiona ce week-end, et sa présence me manquait. Je me remémorai cet instant avec l'association au lycée. Léa s'assumait, et moi aussi je voulais m'assumer, mais comment ? Mon investissement avec le groupe de sensibilisation me permettait de me sentir mieux, car je m'acceptais et ça aidait d'autres étudiants à s'accepter également. Mais d'aller mieux à avoir confiance en soi, il y avait un gouffre… pour palier l'absence de Léa, je décidai de me fumer une cigarette tranquillement sur la terrasse du foyer afin d'oublier ce mauvais rendez-vous qui venait d'avoir eu lieu. Je savais que le médecin ne me le recommanderait pas, mais à cet instant, je sentais que j'en avais besoin pour me calmer et retrouver ma paix intérieure. Je m'étais dit qu'il serait bon que j'arrête de fumer. Ma bonne résolution avait duré une journée… tant pis, je réessaierai demain.

Au retour de Léa le dimanche soir, je lui parlai de ce fameux rendez-vous avec la psy, et de mon étrange rêve. Elle me dit que je leur avais bien fait peur ce soir-là avec ma crise d'angoisse démesurée. Elle me raconta comment cela s'était passé d'un point de vue extérieur, mais je ne comprenais toujours pas d'où pouvait venir ce songe si réaliste. On en discuta longtemps ensemble, puis Léa me demanda si j'étais au courant des raisons de mon placement. Je lui répondis ce que j'en savais : qu'Esteban avait alerté les services de la dépression de Papa, et que Maman était décédée quelques temps auparavant dans un accident de voiture. Léa émit l'hypothèse que si Esteban m'en voulait autant, c'était peut-être parce qu'il me considérait responsable du décès de notre mère, si l'accident avait eu lieu à la sortie de la maternité. Et pour ce qui est du signalement, elle supposait que la dépression de notre père devait l'empêcher de bien s'occuper de nous, et Esteban se retrouvait peut-être à jouer les nounous pour moi : ce serait plus ça qui aurait pu l'amener à déposer un signalement, et si c'était le cas, il avait bien fait. Un enfant de six ans n'était pas censé remplacer ses parents défaillants auprès du reste de la fratrie. Ce que Léa me disait là n'était pas faux ; mais je n'y avais jamais pensé, aveuglé par la colère comme je l'étais parce qu'on n'avait jamais répondu à mes hypothèses, ou alors par des mensonges. Ce que Léa venait de me dire pouvait effectivement expliquer le comportement d'Esteban vis-à-vis de moi. Je la remerciai d'avoir pris le temps de discuter avec moi, une fois de plus. Elle me répondit par un sourire, signifiant que c'était normal, et j'ajoutai pour finir que j'étais vraiment admiratif de son évolution. Après une réaction toute mignonne à ce dernier compliment, elle fila dans sa chambre ranger son sac d'affaires du week-end.

Le temps passait, et je n'avais pas refait une seule crise de stress depuis. Ce dernier rendez-vous avec ma psychologue avait été une révélation : j'avais le droit de m'exprimer, et c'était bien mieux que de tout garder pour soi indéfiniment. Petit à petit, je mettais en application les techniques de gestion du stress et de méditation que les WIP m'avaient enseignées. Quand je sentais que j'étais proche d'une nouvelle crise, je me concentrais sur ma respiration et je parvenais à retrouver mon calme et à me recentrer sur le moment présent.

Dans ces moments-là, je me rappelais également des mots de soutien de Léa : « tu as le droit de ressentir tout ce que tu ressens », m'avait-elle dit pour m'apporter du réconfort. Quand j'en avais besoin et qu'elle était disponible, je n'avais plus honte de me tourner vers elle pour lui faire part de mes inquiétudes et discuter des méthodes que je pourrais envisager pour les surmonter.

Au fil des jours, puis des semaines, je me rendais compte que j'avais bien plus de ressources à ma disposition que je ne le pensais. Les conseils des WIP, le soutien de Léa, et même les mots de mon journal formaient un filet de sécurité autour de moi, m'offrant un ancrage dans les moments de tempête où j'avais l'habitude de me laisser couler.

J'avais déjà pris conscience que m'investir davantage au lycée me serait bénéfique. J'avais donc mûrement réfléchi à un nouveau projet que j'allais proposer au groupe de sensibilisation. Mon idée était simple et ambitieuse : créer un programme de tutorat entre élèves pour favoriser l'entraide et la solidarité au sein de l'établissement. Avant de présenter mon idée à tout le groupe, ce qui me faisait un peu peur, j'avais envisagé toutes les difficultés éventuelles pour être certain de ne pas me taper la honte. Le projet serait donc destiné aux nouveaux arrivants, et ils devraient être tutorés par un élève d'une classe supérieure.

Mon projet fut accueilli avec enthousiasme par l'administration, et je me retrouvais donc à défendre mon idée devant les adultes à la tête de l'établissement. Mme le Proviseur me nomma aussitôt chef de projet, et me voici lancé à coordonner les différentes étapes pour mener à bien cette initiative, à commencer par trouver des tuteurs volontaires pour l'année à venir et les former à ce nouveau rôle. Une communication avait été mise en place par le lycée, la modernité était l'un de nos atouts. Le magazine du lycée, une publicité qui défilait sur le canal radio des lycéens, etc. Quelques jours plus tard, l'information avait bien circulé et pas moins de 50 élèves de Première et Terminale étaient présents pour la formation. J'étais fier d'avoir réussi avec brio cette première phase, et pas des moindres : encourager les lycéens à s'impliquer.

Pour ces séances de formation, j'avais réussi à faire venir une association, le tutorat « Tu l'auras », en référence à l'accompagnement jusqu'aux épreuves du baccalauréat pour assurer la réussite des élèves en anté-bac.

À l'issue de l'une de ces séances de formation, j'eus la surprise de rencontrer quelqu'un que je ne m'attendais pas à revoir. C'était une lycéenne qui paraissait timide au premier abord, mais qui était brillante quand on apprenait à la connaître. Une personne assez discrète, pas le genre à crier ses problèmes sur tous les toits. Je la reconnus immédiatement : celle qui m'avait aidé à me relever après l'intervention des WIP. « Charlotte ». Elle me dit que je pouvais l'appeler Cassandra à présent, et qu'elle avait discuté avec Léa à ce sujet. Elle était en Seconde, et elle voulait savoir si elle pouvait bénéficier d'un tuteur cette année. Malheureusement, comme les élèves étaient encore en cours de formation, j'étais le seul habilité à l'être. J'avais reçu une formation accélérée avec un test que j'avais réussi haut la main afin de pouvoir moi aussi être formateur. Malgré cette déconvenue, nous passâmes un long moment à discuter. Elle me parla du lycée, de ses cours, et je lui proposai de revenir me voir le soir à la sonnerie car je devais ranger le matériel de la formation avant de retourner en cours. Elle me rejoignit donc le soir-même, et nous conversâmes un long moment. Elle s'installa sur le banc, et commença à me parler de ce qui la tracassait, de ses inquiétudes pour l'année prochaine.

Cela faisait à présent une heure que je l'écoutais, mais je n'osais pas l'interrompre. Elle se sentais à l'aise avec moi ; et au fil de la discussion, je me sentais de plus en plus proche d'elle. Je sentais que je l'aidais, même si je ne faisais que l'écouter, et ça signifiait beaucoup pour moi : « changer le monde, une personne à la fois », me rappelai-je. Je me sentais moi aussi en confiance et peu à peu, dès lors que Cassandra eut dit ce qu'elle avait sur le cœur, je me mis moi aussi à lui parler. Ça se passait exactement comme j'en rêvais quelques temps auparavant. De part mes anecdotes et mes expériences de vie, je parvenais peu à peu à la rassurer. Je me mis à lui parler du premier projet que j'avais mené au lycée, puis de Charlotte. Je lui exprimais mon désir de retrouver cette dernière pour lui dire ô combien je m'identifiais à elle.

Cassandra m'écoutait attentivement, comme je l'avais fait pour elle, et elle m'encouragea même à ne pas abandonner mes recherches. On pouvait lire dans son regard des plus sincères une forme de reconnaissance infinie. Elle me suggéra de rencontrer Charlotte dès que possible, convaincue que cet échange pourrait être bénéfique pour nous deux.

Au fil du temps et des discussions, je me rendis compte que j'éprouvais des sentiments plus profonds que de l'amitié pour Cassandra. Son sourire timide, ses yeux bleus pétillants et sa gentillesse naturelle ne cessaient de me charmer. Je sentais mon souffle s'arrêter lorsqu'elle jouait avec ses cheveux noirs, comme l'encre du plus beau poème sur la page de mes années de lycée. À chaque fois que j'étais en sa présence, mon cœur battait un peu plus fort, et ça, je ne pouvais pas le nier. J'aimais imaginer un avenir où nous pourrions marcher main dans la main. Mais à ce stade-là, je gardais mes sentiments pour moi, craignant de compromettre notre amitié naissante.

Ces sentiments ne me détournaient pas pour autant du projet de tutorat. J'avais été choisi par la direction, et ne pouvais pas me permettre de les décevoir. Le second trimestre de l'année venait de démarrer, et le temps était désormais compté avant la rentrée des classes suivante. Je pensais également à Charlotte. Toujours aussi déterminé à faire une différence dans sa vie, je me rendis compte qu'il ne me restait plus beaucoup de temps avant de devoir se résigner à oublier cette idée à tout jamais. Mais quoi qu'il arrive, j'aurais toujours Cassandra avec qui en discuter, maintenant qu'elle était là pour partager cette aventure avec moi.

J'avais fini par avoir le courage de lui demander pourquoi elle se sentait obligée d'utiliser un pseudo avec les personnes qu'elle ne connaissait pas. Sans rentrer dans les détails, elle m'avait répondu que beaucoup de rumeurs avaient tourné sur elle à cause des réseaux sociaux quand elle était au collège, et qu'elle ne voulait pas que cela recommence. Elle avait donc décidé d'utiliser son deuxième prénom et de changer de look pour ne pas être reconnaissable dans le cas où cela repartirait de plus belle. Je comprenais tout à fait : moi aussi j'avais été harcelé en primaire, donc je connaissais cette peur que cela puisse reprendre à tout moment. Pour moi, c'était plus ancien et presque derrière moi maintenant, mais ça m'arrivait d'y repenser et d'en frissonner. Elle fut soulagée par ma réaction, et je sentis un changement subtil dans son comportement avec moi après cette discussion. Elle était plus détendue.

Le projet se déroulait donc à merveille, les élèves intéressés avaient pour la plupart réussi le test proposé à l'issue de la formation. Nous avions donc une bonne quarantaine d'élèves de Première et Terminale prêtes et prêts à tutorer, certains voulaient même commencer dès maintenant pour accompagner leurs premiers élèves d'ici la fin de l'année. Les premiers tutorats se mirent alors en place, un classeur avait été déposé à l'administration avec les profils des tuteurs pour que chaque élève choisisse celui qui lui semblait être le plus adapté à son profil. Des rencontres eurent lieu et les 32 tuteurs qui voulaient commencer dès cette année avaient réussi à se faire choisir par des Secondes assez rapidement. Il ne restait plus que moi : occupé à préparer les dossiers, je n'avais même pas pris la peine de me faire une fiche profil, et je n'avais encore personne. Cependant, je n'eus même pas à y réfléchir, car la réponse se présenta devant moi :

« Hey, Mickaël ! Je te cherche depuis ce matin. Les surveillants m'ont dit que tu t'occupais du tutorat, encore. Est-ce que tu as deux minutes ? ».

Cassandra m'avait prise par surprise. Elle était rayonnante, comme d'habitude en somme.

« Oh, salut Cassandra ! Je suis désolé, j'avoue que je suis pas mal débordé depuis que je dois gérer les binômes et m'assurer que tout se passe bien, haha. Mais vas-y, je t'en prie. Ça me fait si plaisir de te voir, les affiches attendront un peu, répondis-je le sourire aux lèvres.

– Dis-moi, Mickaël, j'ai quelque chose à te demander. J'avais envie d'avoir un tuteur, mais il semblerait que tous les profils aient déjà trouvé le leur. Il me faudrait un tuteur charmant, à l'écoute et très bienveillant. Ce tuteur serait pour moi un modèle, une source d'inspiration. Et si seulement il pouvait être mignon, ça serait le top du top. Du coup, les surveillants m'ont dit que l'un des tuteurs n'avait pas encore déposé sa fiche profil ; et il semblerait que cette personne réunisse tous mes critères. Accepterais-tu que nous formions ce dernier binôme, Mickaël ? ».

En sortant du lycée, sur un petit nuage suite à cette demande inattendue, je croisai ma CPE. Elle me félicita pour mon regain d'énergie, que ce soit pour ma motivation dans mes projets mais aussi pour mon implication en cours et la remontée de mes notes. Nous en profitâmes pour discuter orientation, maintenant que je me permettais d'envisager le futur. Je repartis du lycée avec un sourire aux lèvres, ce qui n'était pas arrivé depuis longtemps à l'issue d'une discussion avec elle.

CHAPITRE 8

LA RENCONTRE

Une semaine était passée depuis la demande de Cassandra, à laquelle j'avais évidemment répondu oui. Que demander de mieux ? Être en retard pour ma fiche profil, et ne pas encore avoir trouvé mon élève, ça me tracassait en tant qu'élève porteur du projet. Je devais montrer l'exemple aux autres tuteurs, mais j'étais le seul à ne pas encore être en binôme. Jusqu'à ce que Cassandra m'apparaisse comme un présent, et me fasse cette proposition qui m'enleva le poids qui pesait sur mes épaules.

Grâce à ma discussion avec Cassandra, j'avais décidé qu'il était temps de faire un pas de plus vers la lumière. Il est temps que je rencontre Charlotte. Cassandra m'en avait convaincue, et avait ravivé cette quête de bonheur qui sommeillait en moi. De plus, elle avait raison sur un point primordial : cette rencontre serait bénéfique pour nous deux. Du moins, j'espérais qu'elle le serait, car mon anticipation se mêlait peu à peu avec une forme de stress que je ne connaissais pas auparavant, un stress positif. Cette sensation de vouloir que tout se passe idéalement, que tout soit préparé en amont et conforme à ce que l'on s'était imaginé.

Je commençai ma quête en me demandant comment j'allais la retrouver car, avec uniquement son prénom, ça ne serait pas une mince affaire. Même si j'avais réussi à savoir qu'il y avait trois Charlotte dans le lycée, et que je savais dorénavant que l'une d'entre elles utilisait ce prénom comme pseudo, il me restait encore 2 pistes à explorer. Comment savoir qui était cette Charlotte qui m'intriguait tant ? Même si j'arrivais à trouver les noms de famille et les classes des deux Charlotte restantes, je me voyais mal aborder l'une des deux sans être certain que ce soit celle que je cherche. De multiples autres questions émergèrent subitement en moi : où allions-nous rencontrer ? À quel moment en particulier ? Serions-nous seuls, ou serait-elle accompagnée de quelqu'un ? Je me demandais si cette rencontre n'était pas trop anticipée, car au final je ne la connaissais pas, et elle me connaissait encore moins. Ce moment pourrait aussi nous paraître très long si l'on ne parvenait pas à entamer naturellement la discussion. Mon penchant anxieux refaisait surface, alimenté par mon appréhension. Je voulais que tout se passe le mieux possible, j'anticipais tout ce que je pourrais lui dire pour amorcer les échanges et comment ceux-ci se dérouleraient. Cependant, cela me demandait un effort auquel je n'étais pas habitué, et ce projet de rencontre devenait pour moi source de stress. Mais ce stress, je voulais le combattre : j'avais envie et besoin que cette rencontre puisse avoir lieu. J'en avais envie parce que Charlotte m'avait touchée avec son message et j'avais envie de lui faire savoir ; et j'en avais besoin pour m'aider à prendre conscience que je n'étais pas le seul à ressentir ce genre de sentiments inexplicables.

En imaginant cette rencontre, je passais forcément par le portrait que je m'imaginais de Charlotte. Je me fiais uniquement à la lettre qu'elle nous avait adressés évidemment, mais ça me laissait tout de même accès à un certain nombre d'indices. J'imaginais une fille forte, qui avait vécu moult péripéties et qui essayait tant bien que mal de s'en évader. Si je devais tracer une sorte de chronologie, je dirais que j'intervenais au moment où ses problèmes la rattrapaient, et qu'elle souhaitait se faire accompagner pour que ce ne soit plus le cas. Cette hypothèse correspondrait avec ce qu'elle avait écrit. Je pouvais toujours me tromper ou mal interpréter le message qu'elle avait voulu nous nous faire passer, mais j'avais ressenti derrière son récit un appel à l'aide. J'imaginais cette rencontre assez calme, un vrai temps de délivrance et d'échanges respectueux. Je ne savais pas encore où, mais je ne nous voyais pas dans le cadre scolaire ; je pense que pour être détendus, nous aurions besoin d'un cadre plus apaisant, peut-être dans un parc ou un truc du style. Pour le reste, je ne voulais pas réfléchir à tout, d'une part pour laisser place à la surprise même si je n'y étais que peu habitué, et deuxièmement car ces pensées faisaient croître mon envie de la rencontrer le plus rapidement possible et il valait mieux que je réfléchisse à un moyen d'y parvenir. Me voici donc soucieux de rencontrer Charlotte le plus tôt possible, et confronté à ce même problème : comment la retrouver ?

Ce matin, comme souvent, j'étais en retard. J'avais loupé de peu mon bus et j'avais dû monter à pied au lycée. Je me retrouvais dans le bureau des surveillants, avec Axel, celui qui était de permanence ce matin-là, pour remplir un billet de retard. En le signant, il m'annonça que nous allions devoir vider l'urne et la retirer assez urgemment, car le lycée allait en avoir besoin pour un autre projet. Je ne le savais pas encore, mais ma journée allait prendre un autre tournant. J'affirmai que je le ferais le soir-même ; sur la conversation de groupe, deux autres élèves se portèrent volontaires au cours de la journée pour me filer un coup de main et être plus efficaces. J'allai donc en cours pour la journée ; arriva ensuite le moment de remplir cette mission, après la dernière sonnerie.

On s'y mit aussitôt et cela ne nous prit pas si longtemps puisqu'on était trois. Nous prîmes le temps de nous arrêter sur les mots qui nous touchaient, puis rendîmes l'urne à l'administration, ainsi que les papiers qui allaient être archivés et transmis à la psychologue scolaire en cas de besoin. Cependant, un courrier fut omis, un courrier que j'avais soigneusement glissé dans ma poche pendant le dépouillement.

Ce papier était de Charlotte. J'avais aussitôt reconnu l'écriture et ne voulais pas que les autres le voient. Une fois rentré au foyer, je vérifiai la signature, qui était identique à la lettre précédente. Cette fois-ci, elle avait pris soin d'ajouter son nom et sa classe, je lus alors :

« Chers élèves,

Je vous ai déjà écrit une première lettre il y a quelques temps, mais je ressens le besoin de réitérer cette démarche. Les choses ne s'améliorent pas, et j'ai besoin d'aide.

Cette fois, je vous laisse plus d'informations car l'anonymat ne me servira pas si je veux être retrouvée et aidée.

J'espère que l'un de vous sera partant pour discuter avec moi,

Charlotte Leval, Première B. »

Le lendemain-même, j'avais été m'entretenir avec ma CPE pour lui expliquer brièvement la situation. Me connaissant suffisamment, elle accepta de me montrer l'emploi du temps de Charlotte, que je pris en photo. La rencontre pourrait donc enfin avoir lieu. Je remarquai que Charlotte était interne, donc disponible le mercredi après-midi. Muni de ses coordonnées, je lui envoyai un message sur la plate-forme du lycée pour lui proposer une rencontre le mercredi suivant. Elle me répondit que ça lui convenait, et qu'elle était ravie que sa demande ait été prise en considération.

Le mercredi en question arriva, et mon excitation ne diminuait pas. La rencontre aurait lieu au lycée, puis nous descendrions nous balader en ville et possiblement nous prendre un goûter, m'avait-elle proposé, craignant également que la discussion soit plus difficile que prévue. Dans tous les cas, nous souhaitions tous les deux que cela se passe correctement, et c'était un bon début. Nos premiers échanges, bien que brefs, étaient annonciateurs de discussions plus approfondies.

J'étais donc au lieu de rendez-vous un peu en avance, et je regardais passer les différents élèves. « Est-ce que c'est elle ? », me demandais-je à chaque nouvelle tête qui regardait en ma direction. Puis, soudain, je remarquai une élève un peu perdue, qui semblait chercher quelqu'un. Elle était blonde, cheveux bouclés. Je ne distinguais pas la couleur de ses yeux, mais elle était bien affairée. Je m'approchai d'elle, d'un pas assez assuré et amical, lui demandant simplement « Charlotte ? » avec un sourire avenant ; elle acquiesça et la rencontre commença.

Je me retrouvais donc avec Charlotte, dans un cadre paisible et loin du lycée, prêt à l'écouter et à ouvrir mon cœur à ses questions et conseils. Notre début d'amitié s'était construit uniquement par écrit dans nos moments sombres, mais à présent, je me sentais prêt à partager des sujets plus sensibles avec elle. La description que je m'étais imaginée était plutôt conforme avec la réalité. Elle était très ouverte d'esprit ; et les échanges étaient fluides, ce qui faisait s'estomper mes craintes. Je remarquai seulement qu'elle ne parlait que des cours, ou alors de choses diverses comme ses passions, etc., mais jamais de sa famille... je préférais toutefois ne pas insister pour le moment.

La rencontre, à l'inverse, était différente de ce à quoi je m'attendais. Nous n'accordions aucune importance à l'endroit vers lequel nous nous dirigions, nous marchions juste. J'aimais cette sensation de liberté qui s'offrait à nous, grâce à cette balade en extérieur ainsi qu'à notre discussion très ouverte. Le déroulement bien planifié de cet après-midi laissa place à l'improvisation, et je fis en sorte de m'adapter au mieux à la personnalité de Charlotte. Elle semblait aimer la nature : nous allâmes donc dans la forêt la plus proche pour être au calme. On se retrouva assis sous un arbre, baignés par les rayons dorés du soleil couchant qui annonçaient la fin d'après-midi. Le calme qui régnait autour de nous reflétait la paix intérieure que nous ressentions tous les deux. J'étais tourné vers Charlotte, captivé par la douceur de son regard et la sincérité de ses paroles.

Au cours de notre échange à cœur ouvert, elle me parla des luttes qu'elles avait entreprises et des techniques qu'elle utilisait pour les surmonter. J'étais touché par sa vulnérabilité et ses efforts sur le chemin de la guérison. À mon tour, je lui parlais d'elle. Je lui expliquais comment j'avais réussi à la retrouver, le fait que j'avais déjà la motivation de la rencontrer dès sa première lettre, et elle semblait émue de l'apprendre.

Lancé dans mon élan, je lui parlai ensuite de l'Aide Sociale à l'Enfance, lui expliquant mes différentes revendications et le soutien que je rêverais d'apporter aux enfants qui vivaient la même chose que moi. Charlotte me complimenta sur ma maturité, celle « d'un jeune étudiant qui avait déjà une idée claire de ses objectifs futurs », selon elle. Je fus touché par sa remarque.

Lorsque j'avais évoqué l'ASE, la première fois, Charlotte avait légèrement haussé les sourcils. Je crus dans un premier temps qu'elle ne connaissait pas l'acronyme ; mais ce que je ne savais pas, c'est que Charlotte était, elle aussi, orpheline, et dépendait aussi de l'ASE. Elle parvint à me l'annoncer, timidement, et nous en parlâmes un long moment. Je finis par lui faire une promesse : celle de l'accompagner jusqu'à sa majorité, et de devenir son tuteur dans le cadre d'un projet de l'ASE, de solidarité entre jeunes, que je souhaitais intégrer à mes 18 ans. Charlotte avait l'air au bord des larmes : quelque chose dans son regard reflétait les ténèbres qui l'avaient entourée, dans lesquelles elle semblait s'être perdue, prête à abandonner. Il y avait de l'incrédulité, aussi : celle du prisonnier, à qui on venait d'annoncer qu'il était libre. Lorsque j'avais fini, elle m'enlaça. Je fus d'abord étonné ; puis je me laissai aller, tandis qu'elle extériorisait tout son stress. Avant de nous quitter, nous échangeâmes des conseils et des encouragements, nous soutenant mutuellement dans nos voyages vers la lumière. Une belle amitié venait de se souder entre Charlotte et moi : elle avait su me le faire comprendre.

À la fin de notre rencontre, je me sentis rempli d'une nouvelle énergie, prêt à affronter les défis à venir avec courage et détermination. La présence de Charlotte dans ma vie m'avait apporté un nouveau sens de l'espoir et de la possibilité, m'affirmant que moi aussi je ne serais plus jamais seul dans ma lutte contre mes démons intérieurs.

J'allais de mieux en mieux, et cette rencontre m'avait requinqué. Ainsi, je me rendis compte qu'avec le soutien de ceux qui m'entouraient et ma nouvelle perspective sur la vie, j'étais prêt à embrasser l'avenir avec optimisme et gratitude. Car même dans les moments les plus sombres, il y aurait toujours Charlotte, telle une source de lumière qui apparaît quand on prend la peine de regarder dans la bonne direction.

Ainsi apaisé, je me sentais plus léger, plus libre, et c'était grâce à ces dernières rencontres. Je m'empresserais d'ailleurs de remercier Cassandra, sans qui mes convictions, et l'envie de rencontrer Charlotte, se seraient peu à peu dissipées.

Après avoir raccompagné Charlotte au lycée, je croisai ma professeure de philosophie, celle qui m'avait fait une remarque à propos de mon sommeil quelques semaines auparavant. Elle avait un paquet de copie sous les bras et m'interpella :

« Bonsoir Mickaël ! Dis-donc, je vois que tu as meilleure mine ces derniers temps, n'est-ce pas ? Je viens de corriger vos devoirs sur table, tu t'en es très bien sorti ! Continue sur ce chemin, vraiment, parce que le progrès se ressent et cela fait plaisir aussi bien à voir qu'à lire ! »

Décidément, j'allais finir par prendre l'habitude de quitter le lycée avec le sourire. Je souriais pour ma note, mais aussi pour la remarque de ma prof, qui m'avait touchée et redonné une nouvelle fois espoir.

CHAPITRE 9

LA REMISE EN QUESTION

Suite à cette rencontre, nous étions devenus plus proches et avions échangé nos numéros, Charlotte et moi, afin de pouvoir communiquer plus souvent et se soutenir l'un l'autre. Je continuais à en apprendre davantage sur elle, à commencer par sa vie au foyer, afin de la conseiller le plus justement possible. Charlotte s'autorisait maintenant à me parler de son foyer, mais elle ne parlait pas de ses éducateurs et des autres jeunes. Avec le temps, je compris qu'elle ne se sentait pas bien dans son foyer. Je voulais agir, car passer sa scolarité dans un endroit où on ne se sent pas à sa place n'est vraiment pas propice au travail, je le savais. « J'ai l'impression de vivre seule », m'avait-elle dit une fois. Ses éducateurs n'arrivaient pas à la cerner de ce que j'avais compris, donc ils la laissaient un peu faire sa vie dans son coin, ne se préoccupant pas d'elle au quotidien. Je lui avais dit qu'elle avait le droit de demander une réorientation si elle ne se sentait vraiment pas à sa place.

Charlotte était plutôt réticente à cette idée, mais j'avais de bons arguments en poche et je parvins, non sans mal, à la faire changer d'avis. Ce qui la bloquait, c'était de faire la demande. Elle ne disait rien au foyer, et elle avait peur que si la demande se voyait refusée, ses conditions de vie soient encore pires qu'avant, car ses éducateurs se sentiraient trahis. Je lui avais répondu qu'on n'avait déjà pas beaucoup de droits avec l'ASE, alors quand on en avait, il ne fallait pas s'empêcher de les saisir. Sur le ton de la rigolade, je lui avais même dit que si elle le demandait, nous nous retrouverions peut-être dans le même foyer. En vérité, j'avais espoir que ce serait le cas. Je me sentais revigoré depuis notre rencontre.

J'étais tellement reconnaissant envers Cassandra, et je souhaitais aller la voir pour la remercier en personne de m'avoir remotivé. Même si elle ne s'en rendait pas compte, elle avait joué un rôle essentiel dans ma quête de sens et de bonheur. Que ce soit par son soutien, ou simplement par sa présence, par ses encouragements qui me donnaient l'impression d'être invincible, par son humour irrésistible et ses petites manies, comme celle de presque sautiller avant le cours de maths. Désormais, j'en étais certain : j'étais amoureux d'elle. Par un après-midi ensoleillé, je profitais d'une heure de creux que j'avais en commun avec Cassandra pour aller lui parler. Elle était sur un banc, avec des amis, mais elle accepta de les laisser un instant pour sortir discuter, au calme, avec moi. Elle était radieuse. Elle me demanda aussitôt s'il y a avait du nouveau à propos de Charlotte.

C'est alors que je me lançai. Je lui dis à quel point sa présence avait été importante pour moi ces derniers temps. Je lui expliquai ma rencontre avec Charlotte, en insistant que c'était grâce à elle que j'avais osé me lancer. Touchée par mes mots, Cassandra me prit la main et me dit à son tour à quel point elle était heureuse de m'avoir rencontré par le biais de ce projet.

Sans réfléchir davantage, nous nous rapprochâmes lentement, laissant parler nos cœurs. Nos regards se croisèrent, et dans cet instant magique, nous nous sommes avoués silencieusement notre amour. Nos lèvres se frôlèrent timidement, puis se rejoignirent dans un doux baiser, empli de promesses et d'émotions. Nous nous séparions doucement, les yeux remplis de bonheur, et dans ce moment de félicité, je me sentais apte à affronter tous les défis que la vie me réserverait, tant que je partageais son cœur. Je venais de trouver ce que je cherchais depuis si longtemps : l'amour véritable et authentique.

Suite à ce moment de tendresse avec Cassandra, personne ne me reconnaissait. J'étais beaucoup plus souriant et optimiste. Un soir, au foyer, je repensai à l'un des conseils des WIP : « quand ça ne va pas, concentre-toi sur ce qui va bien ; et quand tout va bien, tu peux alors te pencher sur ce qui va moins bien ». Je décidai ainsi de me confronter à mes pensées avec cet exercice, dans un moment de calme, propice à la réflexion. Les événements récents avaient été remplis de rebondissements, parsemés de haut et de bas, et je trouvais utile de faire le point seul face à moi-même.

D'un côté, je me remémorai les moments sombres que j'avais traversés. Les épreuves, les échecs et les moments de désespoir avaient laissé leurs marques, telles des cicatrices dans mon âme. Je me rappelai les nuits sans sommeil, les doutes lancinants, les larmes versées en silence, les annonces du médecin par rapport à mes problèmes de santé... ces souvenirs me rappelaient la fragilité de l'adolescent que j'étais, cette vulnérabilité qui faisait partie de moi.

D'un autre côté, je me souvins aussi des rencontres que j'avais faites en chemin. Les visages amicaux, les mots réconfortants, les gestes de gentillesse qui avaient illuminé ma vie dans ces périodes les plus lugubres. Je repensai aux WIP, à Charlotte, à Cassandra, à toutes celles et ceux qui m'avaient tendu la main et m'avaient aidé à me relever à chaque nouvelle chute. Leurs histoires, leurs sourires et leurs encouragements formaient un kaléidoscope de lumière dans l'obscurité de ma mémoire.

Dans ce débat cérébral à peser le positif et le négatif de ma propre existence, je me posais des questions. Étais-je condamné à revire éternellement ces mêmes luttes intérieures, ou avais-je réellement le pouvoir de changer mon destin ? Étais-je destiné à errer seul dans les ténèbres, ou pouvais-je trouver la lumière au bout du tunnel, en suivant les étoiles qui avaient éclairé mon chemin jusqu'à présent ?

Je compris lucidement que les réponses résidaient en moi, dans les choix que je ferais et les actions que j'entreprendrais. Je compris que chaque épreuve était une occasion de grandir et de s'affirmer, et que chaque rencontre était une leçon à apprendre, positive ou non, selon la rencontre. Le chemin vers la guérison était certes long et sinueux, mais une fois que l'on se sentait prêt, au fond de soi, à y faire face, plus rien ne pouvait faire reculer et changer d'avis.

Ainsi, dans le silence de ma remise en question, je me promis de ne jamais cesser de chercher la lumière, peu importe les circonstances. Car je savais, même si la nuit pouvait être longue, que l'aube finirait toujours pour se lever, apportant une nouvelle chance de ne pas reproduire les mêmes erreurs. Voilà les motivations et les objectifs que je me fixais. Voilà comment je n'avais pas craqué.

Plongé dans mes réflexions, je portais également mon regard vers l'avenir du monde qui m'entourait. Je m'interrogeais sur l'évolution possible des mentalités, sur la direction que la société prenait et sur mon rôle dans ce vaste mouvement. J'observais les signes du progrès, les initiatives positives qui émergeaient peu à peu ici et là, et je ressentis une lueur d'espoir renaître au fond de moi. Les mouvements pour l'égalité, la justice sociale, la protection de l'environnement... tous ces actes me semblaient autant de témoignages de la capacité de l'humanité à évoluer ; à apprendre de ses erreurs et à se relever plus forte, même s'il fallait parfois enchaîner plusieurs échecs et être très patient pour arriver à quelque chose de présentable.

Mon avis n'était pourtant pas qu'optimisme. Je ressentais une pointe d'inquiétude sur les lendemains que nous étions en train de construire. Les défis auxquels le monde était confronté semblaient insurmontables, car les divisions entre les individus étaient trop importantes pour être facilement comblées. Je me disais alors que les leçons que j'avais apprises dans ma propre vie pouvaient être appliquées à une échelle plus vaste, car les rencontres que nous faisions pouvaient être source d'une véritable union et servir d'un modèle de changement plus global. Dans un monde en constante évolution, et où les certitudes d'hier pouvaient devenir les erreurs de demain, je me sentais à la fois petit et puissant. Petit face à l'immensité des défis qui se dressaient devant moi, mais puissant par ma capacité à agir, à faire entendre ma voix et à inciter les autres à me suivre sur le chemin de la transformation.

« Chaque humain a un rôle à jouer », me disais-je. Et je me promis non seulement de travailler sur moi-même, mais aussi de contribuer, à ma manière, à faire progresser le monde vers un avenir meilleur et plus juste. Les plus petits gestes, s'ils sont réfléchis, peuvent avoir un impact immense ; et chaque voix peut compter en ces temps où c'est le chœur de l'humanité qui doit se mettre en marche d'un destin commun.

Cependant apparaissait une fumée noire à l'horizon, annonciatrice du brasier qui était sur le point de me consumer : mon addiction au tabac. Le médecin m'avait prévenu, les répercussions pouvaient être lourdes et sans retour en arrière possible, tel un message ancré dans le granit. Je m'étais réfugié dans le tabagisme « pour oublier » tout ce qui me tirait vers le bas et m'empêchait d'avancer : à l'époque, les antécédents familiaux et les risques que j'encourais n'avaient aucune importance, tant que la cigarette m'offrait un peu de répit. Les pauses pour fumer, c'était vraiment mon moment à moi. Ça voulait dire, : « des choses m'ont saoulé, j'ai besoin d'être seul et de me recentrer sur mes priorités ». Contrairement à d'autres, je ne prenais jamais de cigarettes « pour le plaisir », c'était uniquement quand je sentais que j'en avais « besoin ». Mais ce besoin avait augmenté avec le temps et mon mal-être : d'une cigarette par jour, j'en étais passé à deux, puis trois, et ça ne s'arrêtait plus… et maintenant que j'allais mieux, et que je voulais arrêter avant que ce ne soit trop tard, je n'y arrivais pas. J'avais voulu le faire seul, par orgueil ; puis j'avais refusé de chercher de l'aide, parce que j'avais honte. Et maintenant que je m'étais enfin résolu, c'était peut-être trop tard…

Depuis peu, mon état de santé s'aggravait, même si je ne fumais plus autant qu'avant. Je suis allé voir mon médecin traitant pour en parler. Au vu de mes antécédents familiaux, puisque mon père était décédé d'un cancer des poumons, il avait demandé des examens complémentaire. Les résultats de la radiographie pulmonaire furent inquiétants : le médecin avait repéré une anomalie au niveau de mes poumons. Cette anomalie ne m'affectait pas encore, mais les premiers symptômes ne tarderaient pas à pointer le bout de leur nez. Fatigue, manque d'appétit, mais surtout difficultés respiratoires de plus en plus intenses. Mon médecin m'avait dit que même si je stoppais ma consommation immédiatement, les effets secondaires ne se dissiperaient pas aussi aisément. Il allait falloir programmer un scanner, puis une fibroscopie, déterminer s'il s'agissait de cellules cancéreuses… suite à tous ces examens, la sentence est tombée. J'ai voulu repousser la radiothérapie à cet été, après le baccalauréat. Le cancérologue me l'avait déconseillé, mais pas interdit : deux mois de plus était un pari envisageable. Et je l'ai pris. Contre l'avis de Léa, de

Cassandra, et même de Charlotte, mais avec l'accord des mes éducateurs. J'ai voulu passer aux patchs nicotine avant les examens, mais avec la pression sociale et le stress, j'ai eu beaucoup de mal à m'y tenir... j'avais fini par passer les épreuves en essayant de faire abstraction de ma toux qui apparaissait, de mon endurance qui diminuait.

Puis j'avais eu droit à un premier séjour en hospitalisation pour essayer de limiter les conséquences sur mes poumons, mais les traitements n'étaient pas assez efficaces. Le cancer avait évolué, et commençait à se généraliser. À l'hôpital, j'étais allongé sur le lit, au bord du précipice, confronté à des nouvelles qui pesaient sur mes épaules comme un fardeau insurmontable. Le médecin avait été clair, si mon état ne s'arrangeait pas d'ici trois mois grand maximum, ils ne pourraient plus rien faire pour me sauver et il serait trop tard.

Dans mon lit d'hôpital, je repensais aux années que j'avais passées chez Virginie. Plus particulièrement à ma famille, du moins ceux qui me restaient, et je parle ici d'Émilie. Je l'ai évoqué quand j'ai parlé de mes parents, mais ni Esteban ni moi n'avons connu Émilie, qui est née d'une autre mère avant que Papa ne décède. Je repensais aux paroles d'Esteban quand nous avions appris la naissance de cette nouvelle petite sœur : « Esteban était très énervé en l'apprenant », lisais-je dans mon carnet, que j'avais emporté avec moi pour passer le temps à l'hôpital. Je relisais les pages, étonné par les détails que j'avais pu noter pour certains passages, et j'y cherchais en vain des réponses. En réfléchissant, je finis par comprendre. Je me demandais pourquoi Esteban avait réagi ainsi à l'annonce de la naissance d'une petite sœur. Mais vu que maman était décédée en sortant de la maternité, je comprenais qu'Esteban n'acceptait pas que papa y soit retourné pour un nouvel enfant avec sa compagne. Avec le recul, je voyais qu'Esteban n'avait pas été énervé d'apprendre la naissance d'une petite sœur, mais parce que Papa avait eu un nouvel enfant. Cette colère était à l'égard de notre père, et non d'Émilie.

Ce qui était triste, c'est que nous ne l'avions jamais rencontrée, cette petite-sœur. Merci l'ASE : il faut être majeur pour pouvoir faire la demande auprès du juge et ainsi rencontrer ses petits-frères ou petites-sœurs. En tout cas, ce qui était sûr, ce que j'aurais adoré la connaître. Et ça, j'en rêvais depuis que j'avais appris la nouvelle, mais je n'avais jamais eu l'occasion d'entamer les démarches nécessaires, qui auraient pris une éternité vu que j'étais encore mineur. Mais je n'oubliais pas son existence. Sa petite voix résonnait souvent dans ma tête, et ça m'arrivait même de lui parler quand je n'avais pas le moral, pour lui dire que j'aurais été ravi de la rencontrer si j'avais pu, et pour lui raconter un peu tout et n'importe quoi quand l'envie me prenait. Parfois aussi pour la rassurer. Là, par exemple, je lui aurais dit que j'allais m'en sortir, et j'aurais fait semblant d'y croire.

CHAPITRE 10

LE CHOIX

Six mois plus tard, me revoilà aux urgences. La chimiothérapie ayant fragilisé mon système immunitaire, et la météo n'ayant pas été clémente, mes derniers mois de liberté avaient été un enchaînement de bronchites et d'autres problèmes pulmonaires liés à la pollution. Du côté du cancer, mon état de santé ne s'était pas arrangé, et les médecins avaient été honnêtes avec moi, j'avais peu de chances de m'en sortir. J'étais dans la chambre d'hôpital, branché à ce respirateur artificiel duquel je ne pouvais plus me séparer. Une routine s'était installée peu à peu. Un infirmier venait me donner mes traitements dès le réveil, suivi d'une aide-soignante qui m'apportait le petit-déjeuner, idem le midi. L'après-midi, on m'emmenait souvent en salle d'examens pour des prises de sang, des radios, d'autres traitements, etc. Et le soir, mis à part une infirmière qui venait m'aider à prendre ma toilette, c'était identique aux autres repas.

Ma vie avait radicalement changé. Je commençais à me faire à l'idée que j'allais mourir. Aujourd'hui, Léa et les autres jeunes du foyer étaient venus me rendre visite. Les visiteurs se multipliaient par ailleurs au fil des jours, tandis que ma chance de m'en sortir s'effaçait peu à peu, comme tout le monde se réveillait seulement maintenant que mon décès approchait. À croire qu'il fallait que je sois à l'article de la mort pour que les gens osent prendre de mes nouvelles, pour s'alléger la conscience.

La semaine dernière, c'était Virginie qui était venue me voir. Ça m'avait vraiment fait plaisir. Elle m'avait donné des nouvelles de la famille, Papy-Mamie, Esteban ; et elle était restée tout l'après-midi près de moi à discuter, me faisant presque oublier ce que j'étais en train de vivre. Avant de partir, elle m'avait dit qu'elle reviendrait la semaine suivante. Elle m'avait également laissé une lettre : « Celle-là, c'est de la part de ton frère, mon grand. Sache qu'il s'inquiète énormément pour toi. »

On était lundi, cette lettre était là depuis 2 jours et je n'avais pas encore osé l'ouvrir. Ce matin, je m'étais réveillé plus tôt que d'habitude et l'infirmière était déjà passée ; donc j'avais du temps à tuer jusqu'à midi. Je saisis le message de mon frère :

« Mickaël,

Quand Virginie m'a dit que tu étais hospitalisé, je suis immédiatement revenu à la maison. Tu n'es sans doute pas au courant, excepté si Virginie t'en a parlé, mais j'ai trouvé un poste dans la région, et j'ai mon appartement donc je ne vis plus chez elle, mais peu importe.

Tu sais, notre histoire est compliquée, et je me doute qu'il y a encore des choses que tu ne sais pas pour que tu continues à m'en vouloir. Je voulais venir avec elle pour t'en parler directement, mais c'est à toi de décider si tu en as envie ou non. C'est compliqué de t'en parler par écrit, j'espère que tu accepteras de me revoir car je m'en voudrais de ne pas t'avoir revu.

Ton frère Esteban »

Que pouvait-il avoir à me dire de si important ? Même si je n'en avais pas la moindre idée, je commençais à imaginer qu'il avait sans doute raison. J'étais jeune quand tout ça avait eu lieu, et je n'avais appris ce qu'il s'était passé que par les services de l'ASE. Les informations que l'ont m'avait données étaient sans doute erronées. Mais je ne savais pas si j'avais besoin de savoir la vérité, désormais. Tout était pardonné.

Comme j'étais bloqué à l'hôpital, c'étaient les jeunes qui me ramenaient des affaires au besoin. Cette fois-ci, Léa avait demandé à rester un instant seule avec moi. Elle m'avait ramené un objet d'une valeur inestimable, mon carnet. Mon visage laissait transparaître mon étonnement. L'avait-elle lu ? Comment l'avait-t-elle trouvé ? Depuis combien de temps était-elle au courant ? Les autres jeunes l'avaient-ils vu ? Toutefois, cette dernière question trouvait sa réponse assez logiquement. Si elle avait demandé à être seule pour me le rendre, c'était sûrement pour que les autres ne soient pas au courant, ce qui me rassurait.

« J'ai trouvé ça dans ta chambre sous une pile de linge tandis qu'on te préparait une valise de vêtements pour l'hôpital. Je suis la seule à l'avoir vu, rassure-toi. Je ne savais pas que tu tenais un journal, mais je pense que ça t'aidera à passer le temps ici. Je l'ai juste ouvert, mais quand j'ai vu qu'il s'agissait d'un journal intime, je ne me suis pas plus aventuré dedans et je l'ai gardé précieusement jusqu'à te le rendre aujourd'hui. Je t'ai également acheté un nouveau stylo fantaisie à l'occasion », dit-elle afin d'éteindre mes doutes.

J'étais donc rassuré, elle n'avait pas vu les premières pages du carnet, qui étaient les plus révélatrices. Après le départ de Léa, je me replongeai dans mon journal et me résolus à faire face à la réalité avec dignité.

« Quitte à mourir, je voulais que ma mort soit belle. Je voulais que les gens puissent apprendre à me connaître de par ce récit et je voulais qu'ils se rendent compte qu'il était grand temps de faire bouger les choses, efficacement et durablement. » C'est ce que j'avais écris dans les premières pages de ce carnet.

C'était ironique, tout de même. J'avais commencé ce journal en annonçant que j'allais mettre fin à mes jours. J'allais effectivement le faire ; mais je n'en avais plus envie. Est-ce que c'était ça, la preuve qu'on allait mieux ? De vouloir s'accrocher à ce souffle vital qui nous animait, qui nous permettait, malgré la douleur, même dans un corps moribond, de toujours voir la beauté du monde, de toujours espérer qu'un miracle pourrait nous sauver, même en étant conscient du sort qui nous attendait ? Je savais que c'était la fin : mais je comptais me battre jusqu'au bout. Dans cet ultime acte de lucidité, je pris mon nouveau stylo offert par Léa, tremblant mais déterminé à écrire. J'expliquai que je ne voulais pas me laisser mourir à l'hôpital, car j'avais un objectif, peut-être trop ambitieux : celui de changer le monde, à ma façon. J'argumentai mon choix, sans chercher à justifier l'injustifiable, mais simplement à partager mes pensées les plus intimes avec ceux qui me liraient.

« Je sais que ce que je m'apprête à faire est difficile à comprendre, voire impossible à accepter pour certains. Mais je vous en prie, ne me jugez pas trop sévèrement. Je ne cherche ni la compassion ni la pitié. Je veux juste dire que suite à mon parcours, je ne veux pas me laisser mourir aussi lamentablement et ainsi passer dans l'oubli. C'est le seul choix qu'il me reste, le seul moyen de mettre fin à mes souffrances physiques et morales tout en espérant réaliser mon objectif.

Mais quitte à partir, je veux que ma mort soit un symbole, un catalyseur pour le changement. Je souhaite que mon histoire puisse ouvrir les yeux de ceux qui sont toujours en vie, pour les inciter à agir pour un monde meilleur, compréhensif et compatissant.

J'aimerais que mon départ marque le début d'une nouvelle ère, où les différences ne sont plus des barrières, mais des ponts vers un avenir plus juste et plus humain.

Mickaël. »

Avec les larmes aux yeux et le cœur lourd de chagrin, je venais de sceller mon destin dans ces derniers mots. Je posai alors le carnet sur ma table de chevet, pour que la personne qui me retrouverait mort y ait accès. Pour la suite, je n'aurais qu'à débrancher le respirateur et laisser le sommeil m'envahir. Ce serait indolore : juste un gros dodo. Que la vie ait au moins cette clémence à mon égard, elle qui m'avait tant malmené, et qui me quittait alors que je commençais seulement à l'aimer. Je venais de prendre mon repas, et personne ne passerait me voir cet après-midi, ce qui serait suffisant pour que mon cœur cesse de battre par manque d'oxygène d'ici à ce soir.

Je savais que je laisserais derrière moi un vide béant, mais aussi l'espoir fragile d'un monde meilleur.

Deux mois plus tard, c'était à moi, Charlotte, que l'on avait confié le journal de Mickaël. Personne n'avait réussi à encaisser la nouvelle de ton décès : ni Léa, ni Cassandra, ni Virginie, ni Esteban... mes mains tremblaient en parcourant toutes les pages remplies d'émotions, de douleur et de courage de ce carnet. Suite à ta mort, Mickaël, Léa avait demandé à le lire. Après concertation avec ton ancienne famille d'accueil et les jeunes du foyer, et sur conseil de Cassandra, la décision fut prise de me le léguer, car ils estimaient que je méritais de ne pas se sentir trahie et laissée à l'abandon après la promesse que tu m'avais faite. Alors que je me rapprochais de la fin du carnet, je sentis mon cœur se serrer douloureusement. Il m'avait fallu du temps pour accepter ce que tu avais fait, mais entourée par beaucoup d'autres personnes dans ce deuil commun, j'avais fini par me dire que tu aurais sûrement péri quelques temps plus tard quoi qu'il arrive. Tes problèmes respiratoires te rongeaient à petit feu, tu as juste pris la décision de mourir dignement. Je reconnais dans cet acte la maturité que j'avais vue en toi au moment de notre rencontre.

Il m'avait fallu du temps, encore plus de temps, mais j'avais fini par m'autoriser à t'écrire une lettre. Une lettre que j'écrivis directement dans ton carnet. Je voulais te rendre ce service, continuer cette histoire pour te montrer que ton rêve te survivrait, longtemps après ton décès. Je voulais t'écrire une fin à ta hauteur.

Je savais que tu ne reviendrais jamais, que ton départ était définitif. Mais quelque part au fond de moi, je ressentais aussi une lueur d'espoir, une conviction profonde que ton sacrifice n'avait pas été vain. Je m'installai à mon bureau, et t'écrivis un long message, empreint de tendresse et de regret, laissant mes pensées guider ma plume.

« Cher Mickaël,

Je sais que tu ne peux pas me lire de là où tu es maintenant, mais j'espère de tout mon cœur que tu peux ressentir la gratitude et l'affection que je voudrais te transmettre. Depuis que tu es parti, beaucoup de choses ont changé, et c'est en grande partie grâce à toi.

Suite à ton décès, Cassandra et Léa ont tout fait pour qu'on t'offre un hommage digne de ton courage. Tout est parti d'une chanson : les WIP se sont inspirés de ton parcours pour composer un hymne aux enfants de l'ASE, intitulé « On vous comprend ». Ils voulaient qu'être placé ne soit plus un tabou, pour que les enfants n'aient plus honte de parler de ce qu'ils vivent. Ils ont commencé à utiliser la chanson lors de leurs interventions, puis ils l'ont diffusée en ligne. Grâce à Cassandra, qui avait écrit les paroles, la vidéo est devenue virale : et puis elle a commencé à raconter ton histoire. Quand la presse s'y est intéressée, c'est Léa qui est allée parler de toi, et des jeunes de l'ASE. Elle a même fini invitée dans un journal télévisé. Et ces enfants de l'ASE dont tu m'avais parlé, ceux qui se sentent perdus et abandonnés, comme toi tu l'as été autrefois, ont été touchés en plein cœur par ton histoire : on a reçu plein de témoignages nous disant qu'elle leur a donné le courage de continuer et de croire en un avenir meilleur. En voici quelques uns, parmi ceux que tu aurais préféré, je pense : « Merci à celui qui a osé dire tout haut ce que l'on vivait tout bas » ; « Repose en paix, tu mérites ce calme après tout ce que tu as vécu. Sache que tu as accompli de grandes et belles choses. ».

J'ai vraiment été impressionnée par le courage de Léa, moi aussi. Elle a profité de toutes ses interventions pour médiatiser des chiffres lourds, notamment ceux des suicides dans les foyers, qui avaient fini dans l'oubli. Elle semblait comme investie d'une mission. C'était peut-être son moyen, à elle, de faire son deuil.

Ton départ n'a pas été vain. Il a été le point de départ d'une prise de conscience collective, et le peuple français a mené quelques marches dans toute la France afin de soutenir les jeunes comme toi, qui ont des parcours et des conditions de vie atroces, pour qu'ils osent le dire dans le futur.

Sous la pression de l'émotion collective, les autorités ont enfin commencé à prendre des mesures pour protéger les enfants les plus vulnérables, pour leur offrir l'amour et le soutien dont chaque enfant a besoin pour s'épanouir. Il reste encore beaucoup de choses à changer : mais rien que le fait qu'on nous écoute davantage, c'est déjà tellement.

Si seulement tu pouvais entendre la chanson des WIP. Le texte de Cassandra est magnifique : un dernier adieu à la hauteur de ta grandeur d'âme. Son amour a fait de toi la voix d'une jeunesse courageuse.

De toute évidence, j'étais à tes funérailles. Ainsi que tout ceux auxquels tu peux penser : Cassandra, Léa, Virginie, Esteban, et même Émilie, qui a beaucoup grandi et qui est fière de l'empreinte que tu as laissé dans ce monde. On nous a laissé la parole, et c'est Virginie qui a souhaité s'exprimer : « Mickaël a eu un passé plus que difficile. La situation s'améliorait peu à peu avant que la maladie ne prenne le dessus, mais la douleur l'a emporté, et nous comprenons son choix. À présent, l'enjeu est de garder ses mots à l'esprit pour que cela ne se reproduise plus jamais. Merci à tous d'avoir entendu et considéré sa détresse, c'est le plus cadeau que nous pouvions lui laisser. »

Moi aussi je veux te faire un dernier adieu. Alors voilà, Mickaël, je voulais juste te dire merci. Merci d'avoir été un ami si précieux, un guide dans mes moments les plus sombres. Merci d'avoir eu le courage de partager ton histoire avec moi. Merci de m'avoir montré que même dans les pires moments, il y a toujours de la lumière. Tu as choisi de partir, mais sache que tu ne me quitteras jamais vraiment. Ton souvenir restera gravé dans mon cœur, et ton message d'espoir résonnera à jamais dans mon esprit. Repose en paix, Mickaël. Et sache que tu as changé le monde, une personne à la fois.

Avec ma gratitude éternelle ; ton amie, Charlotte. »

J'avais hésité à t'écrire davantage, pour te dire à quel point tu m'avais aidé à prendre confiance en moi, mais la douleur de ton absence me pesait trop, rendant mes pensées floues et me stoppant dans mon élan d'écriture. Je relus mon message une dernière fois, sentant les larmes embuer mes yeux. Dans ce petit livre de souvenirs, nos histoires se mêlaient pour n'en former qu'une, preuve de la force de notre lien.

Ainsi se finit ton carnet, Mickaël : une histoire d'amour, de douleur et d'espoir. Un témoignage poignant, une preuve que nous pouvons tous laisser une empreinte indélébile dans le monde qui nous entoure.